ディジーの

びっくり！クリスマス

作・ケス・グレイ　訳・吉上恭太
絵・ニック・シャラット／ギャリー・パーソンズ

To Santa

DAISY and the TROUBLE with CHRISTMAS
By Kes Gray

First published in the English language in Great Britain by Random House Children's Books,
a Random House Group Company.

Published by arrangement with Random House Children's Books,
one part of the Random House Group Ltd., London
through Tuttle-Mori Agency , Inc., Tokyo

デイジーのこまっちゃうリスト

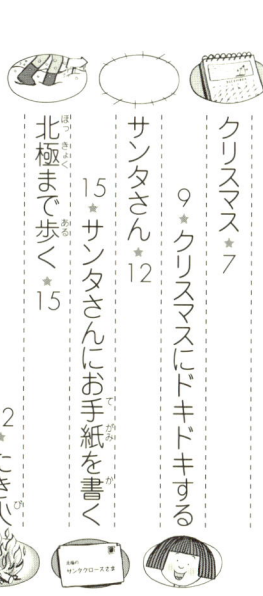

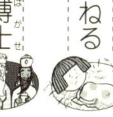

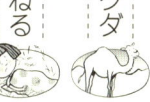

1

クリスマスがこまっちゃうのはね、と――――――――――――――――――――――――――――――――っても、こうふんして、ワクワクドッキンドッキーンって、胸《むね》がばくはつしちゃうんだもん。

もしクリスマスが、と――――――って
も、ワクワクドッキンドッキーンって、胸《むね》がばくはつしちゃうものじゃなかったら、学校《がっこう》のクリスマス会《かい》の劇《げき》での事件《じけん》なんておこらなかった。

だから、ぜ――――――ったい、あたしが悪《わる》いんじゃないもん！！！！！！

ギャビーにきいてみて。ポウラ・ポッツにきいてみて。だれにきいてもいいわ。でもね、ピータース先生《せんせい》や、ほかの先生《せんせい》たち、それからママやギャビーのママとパパには、きいちゃだめ！

みんな、クリスマスが悪《わる》いの。あたしのせいじゃない。もしもクリスマスにドキドキしなかったら、みんなうまくいったはずなのよ。

ほんとのところは、うまくいかなかったんだけどね。

あんな、はずかしいことになっちゃうなんて。

2

クリスマスにドキドキするって、こまっちゃう。だって、からだじゅうが**ドキドキ**しちゃうの。

まず、つまさきが**ドキドキ**するの。それから指《ゆび》でしょ。それから、ひじ。それから、かみのけ、それから、目玉《めだま》。それから、セーターもね。

で、耳《みみ》の穴《あな》から、頭《あたま》の中《なか》にくねくねとはいっちゃうの。そのうちに、くちびるにきちゃうから、ニコニコしっぱなしになっちゃう。それから、足《あし》にも**ドキドキ**がきちゃうから、スキップがとまらなくなっちゃうの。

からだの中《なか》にはいるとね、しんぞうがさ、ビビディバビディブって鳴《な》りっぱなしよ。

まつげにだって**ドキドキ**が、きちゃって、ねようとしても、目《め》がとじなくなっちゃうの。

ずーーっとよ！

クリスマスの**ドキドキ**って、九月《がつ》からはじまっちゃうの！

九月《がつ》になるとね、お店《みせ》にクリスマスのものがおかれるようになるでしょ。ママは、九《く》月《がつ》にクリスマスのものを売《う》るなんておかしいっていうの。お店《みせ》のたなに、クリスマスのものをならべるのは、せめて十一月《がつ》からにするべきだって。十一月《がつ》なら、クリスマスに近《ちか》いから。でも、九月《がつ》はだめ。まだ夏《なつ》が終《お》わったばかりじゃない。

でも、ママがいってることは、まちがってる。あたしが思《おも》うには、お店《みせ》は一月《がつ》のうちにふつうの品物《しなもの》（お菓子《かし》はべつよ）は

ひっこめて、クリスマスのものをクリスマスまでならべておくべきだと思《おも》う。

クリスマスのものって、だーいすき！　二十七さいになったらね、あたし、クリスマス・ショップをもつのが夢《ゆめ》なの。クリスマスのものしか、売《う》ってないお店《みせ》よ！

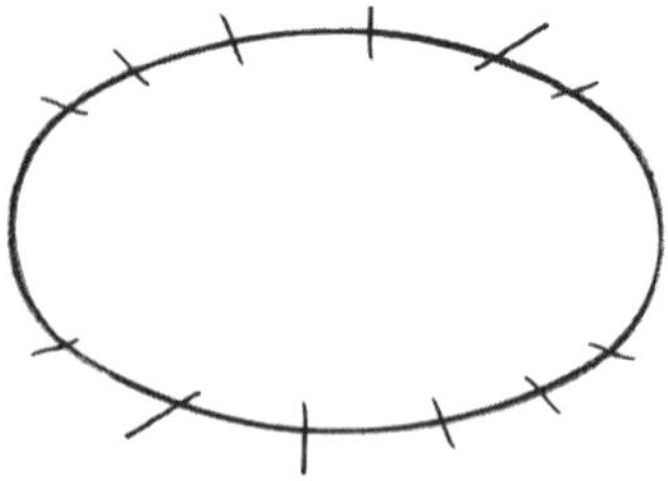

ほんとはサンタさんのおてつだいをしたいけれど、サンタさんがだめっていったら、あたし、クリスマスのお店《みせ》をするの。

でも、**サンタさんがこまっちゃう**のは、だれもほんもののサンタさんに会《あ》ったことなんかないでしょ。

プレゼントをたくさんもって、えんとつをおりてくるサンタさんなんか、だーれも見《み》たことないじゃない。それはね、サンタさんが魔法《まほう》をつかって、こどもたちをねむらせちゃうからなの。

サンタさんがね、はなのよこを指《ゆび》でさわったら、えんとつをくぐれるぐらい、ちっちゃくなっちゃうって、知《し》ってた？　ほんとよ。本《ほん》に書《か》いてあったもの。サンタさんの魔法《まほう》って、すごいから、だーれもほんもののサンタさんを見《み》ることができないの。

でも、サンタさんにお手紙《てがみ》を書《か》くことならできるのよ。あたし、十月《じゅうがつ》にね、お手紙《てがみ》を書《か》いたの。

サンタさま
北極《ほっきょく》のサンタさんのおうちへ

親愛《しんあい》なるサンタさま

あたしね、お願《ねが》いがあるの。あたしが大《おお》きくなったら、サンタさんのおてつだいをさせてくれませんか？

あたし、あんまり大きくなりすぎないように気《き》をつけるから。だって、たいていのトナカイって、ちっちゃいじゃない。あたしね、プレゼントをつつむのが上手《じょうず》だし、赤《あか》いハサミをもってるし、ルドルフのおせわだってできるわ。

だから、お願《ねが》いです。十七歳《さい》ぐらいになったら、お仕事《しごと》をくださいね。

愛《あい》をこめて！

デイジーより

サンタさんにお手紙《てがみ》を書《か》くって、とってもたいへんなのよ。だって北極《ほっきょく》に送《おく》らなくちゃならないでしょ。世界《せかい》でいちばん、とおいところよ。北極《ほっきょく》まで歩《ある》くのってたいへんよ。ゆうびんはいたつのおじさん、足《あし》がいたくなっちゃうの。

ママがね、サンタさんへの手紙《てがみ》をいちばん、はやくとどける方法《ほうほう》は、魔法《まほう》をつかうことだっていうの。

あたし、ママがホバークラフトでとどけるっていうと思《おも》ったんだけど、そうじゃなかった。ボンファイアっていう、お人形《にんぎょう》を焼《や》くお祭《まつ》りが十一月五日《がついつか》にあるんだけど、その日《ひ》にお手紙《てがみ》をわたせば、ママが送《おく》ってくれるっていうの。

だから、あたし、ママにお手紙《てがみ》をわたしたの。サンタさんにお願《ねが》いする、クリスマスにほしいものを書《か》いてね。

親愛《しんあい》なるサンタさま

まだ十二月《がつ》になっていないのは、わかっているけれど、でも、ボンファイアの日《ひ》にママが魔法《まほう》をつかってお手紙《てがみ》とプレゼントのリストをだしてくれるっていうの。

もしかしたら、知《し》らないかもしれないので、ねんのため、いっておくけれど、あたしね、とってもいい子《こ》にしていたの。そうよ、一年《ねん》じゅう。うん、ほとんど一年間《ねんかん》。

もしもね、あたしが悪《わる》い子《こ》に見《み》えることがあっても、それは、あたしのせいじゃないのよ！　だから、お願《ねが》いだから、クリスマスのプレゼントをくださいね。

●ぜったいにころばない、ポーゴー

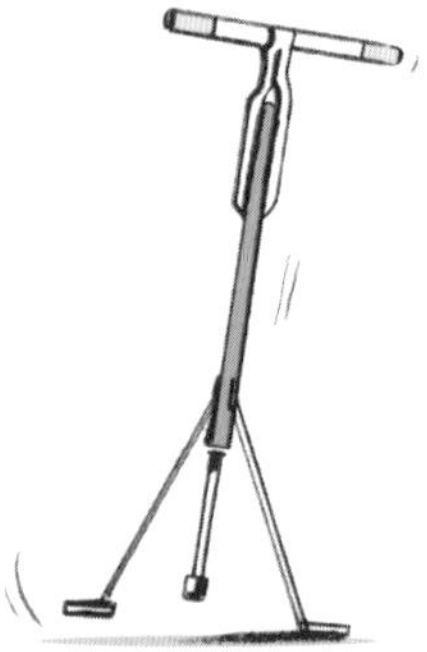

●エンジンつきのスケートボード

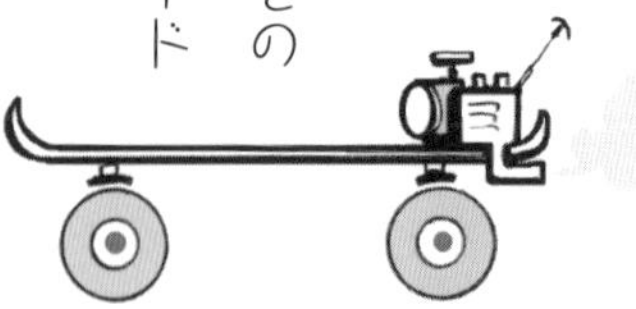

●いろんな芸《げい》ができるヨーヨー

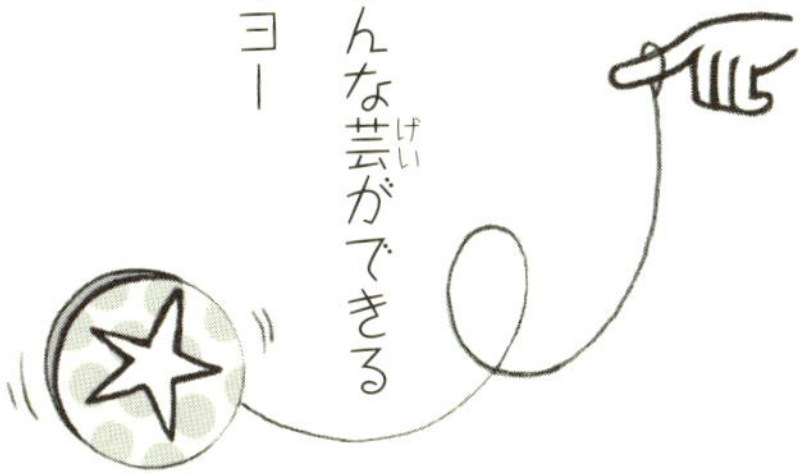

●インクがなくならないボールペン

●しんがおれない色《いろ》えんぴつ

●ゴールがきまる赤《あか》と白《しろ》のサッカーボール

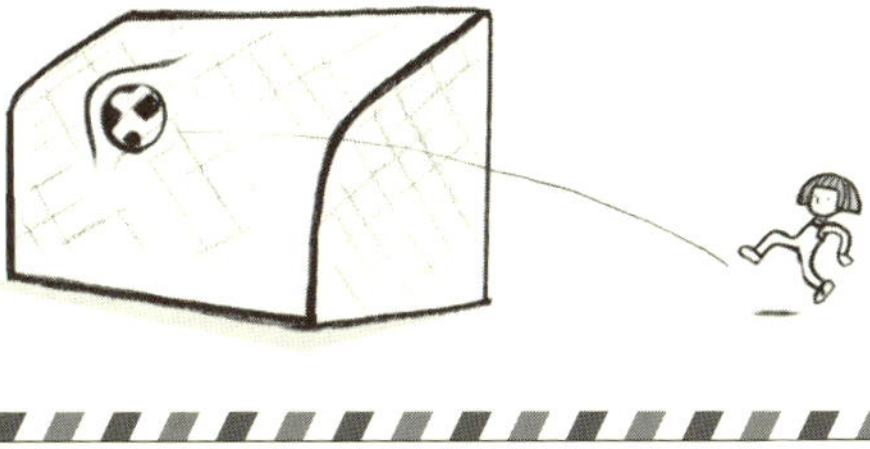

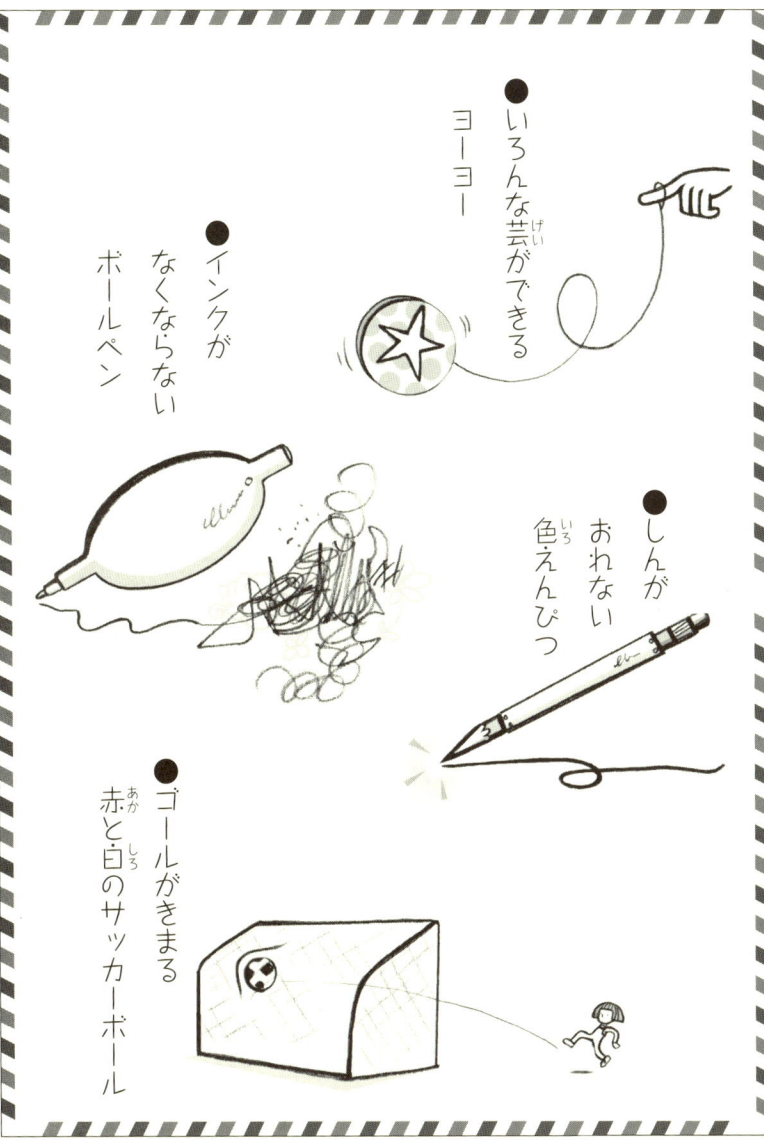

●フワフワした毛《け》のハムスター

●ロケット弾《だん》を
うてる
自転車《じてんしゃ》

●おふろをみどり色《いろ》にできる
泡《あわ》だてせっけん

●さきがとんがった
ハサミ

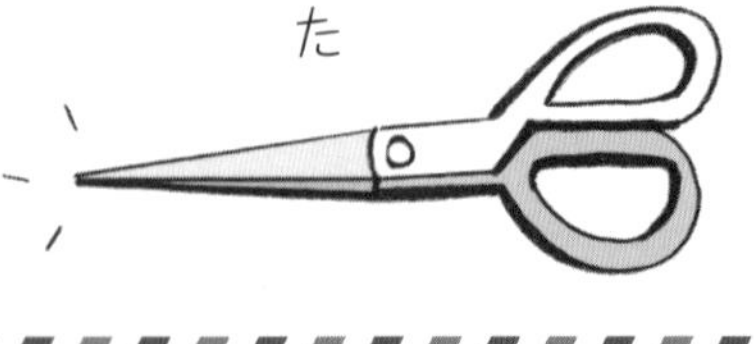

●ほんもののミミズがはいった
ミミズの家《いえ》

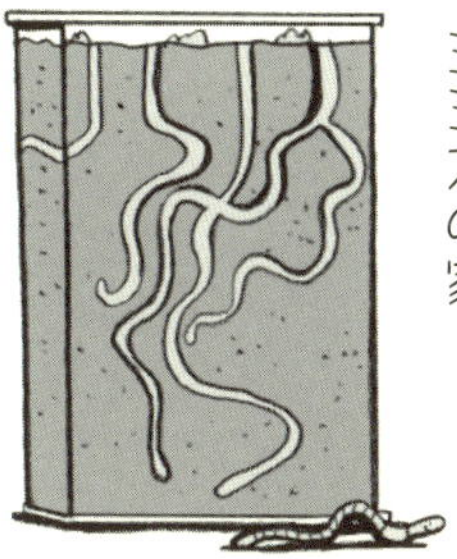

●大《おお》きなサボテン

●チョコレートのお金《かね》
(でなければ、
チョコレートを買《か》える
ほんもののお金《かね》)

●二十人《にん》が
いっしょにとべる、
なわとびのなわ

●十種類《しゅるい》の
水《みず》の出方《でかた》をする
スーパー水鉄砲《みずでっぽう》

●新《あたら》しい時計《とけい》

PS.《ぴーえす》 もしソリにのせきれないなら、とりあえずロケット弾《だん》を
うてる自転車《じてんしゃ》を先《さき》にいただけませんか?

愛《あい》をこめて
デイジー

ママがあたしのクリスマスにほしいもののリストを見《み》て
いったの。サンタさんは、ロケット弾《だん》をうてる自転車《じてんしゃ》なん
か、プレゼントしてくれないってさ。それから、クリスマ
スの日《ひ》まで、とってもいい子《こ》にしてなければ、あたしが書《か》
いた、ほしいもののリストの半分《はんぶん》だって、もらえないって。
だから、あたし、やくそくしたの。ほんのちょっとの問《もん》
題《だい》もおこさないって。クリスマスの日《ひ》まで、ぜったいに。
クリスマスの日《ひ》も。クリスマスのあとだって。
あたし、きょうまでは、ほんとに、ほんとに、いい子《こ》に
してたの。
でも、アーア。
サンタさんが、きょうのクリスマス劇《げき》を見《み》ていなければ
いいのにな。

3

クリスマス劇《げき》のことを話《はな》すまえに、十一月《がつ》のボンファイアの夜《よる》におこったことを話《はな》しておかなくちゃね。

あたし、ボンファイアって、だいすき！

ボンファイアのパーティの日《ひ》って、どこもかしこも人《ひと》でいっぱい。みんな、長靴《ながぐつ》をはいていて、たいていの人《ひと》が花火《はなび》をもってるの！　わくわくしちゃう！（クリスマスほどではないけど）。それにね、世界中《せかいじゅう》でいちばん大《おお》きなたき火《び》なのよ。とても大《おお》きなたき火《び》でね、あたし、だいぶはなれて立《た》っていたんだけど、それでもとっても熱《あつ》いの！

たき火《び》って、だからこまっちゃうのよね。あまり近《ちか》づきすぎると、からだに火《ひ》がついちゃうし、長靴《ながぐつ》がとけだしちゃうもの。

たき火《び》のある広場《ひろば》を見《み》たんだけど、ゆうびんポストなんか、どこにもないの。夜《よる》だっ

たからくらかったんだけどさ、サンタさんに手紙《てがみ》をだすポストなんかぜったいになかったわ。ママはさ、クリスマスのプレゼントにほしいもののリストを送《おく》るには、ゆうびんポストもゆうびんはいたつのおじさんもいらないっていったの。きいろいジャケットをきている人《ひと》がいればいいんだってさ。

きいろいジャケットをきている人はね、「けいびいん」っていって、たき火《び》に人《ひと》がちかづきすぎないように注意《ちゅうい》するお仕事《しごと》をしているの。

けいびいんのもうひとつのお仕事《しごと》がね、クリスマスの手紙《てがみ》をサンタさんに送《おく》ることなんだって！

ママが話《はな》しかけたけいびいんは、とても親切《しんせつ》そうな人《ひと》だった。ママが耳元《みみもと》にささやくと、あたしにほほえんで、サンタさんのお手紙《てがみ》をわたすようにいったの。

あたし、けいびいんさんにお手紙《てがみ》をわたしたの。

そしたら、どうしたか、わかる?

手紙《てがみ》をたき火《び》にくべちゃったの!

さいしょ、あたし、なんでそんなことしたのか、わからなかった。そしたら、ママが教《おし》えてくれた。たき火《び》の魔法《まほう》なんだってさ。あたしの手紙《てがみ》に書《か》いた言葉《ことば》、みんな夜空《よぞら》にまいあがって、雲《くも》の中《なか》をとおりぬけて、星《ほし》をとびこして、サンタさんのおうちにとどくんだってさ。

そうなの!

たき火《び》に目《め》をこらしていると、ほかの子《こ》たちが書《か》いたサンタさんへの手紙《てがみ》の言葉《ことば》が空《そら》にまいあがるのが見《み》えるんだって!

ママがいうとおりよ! たき火《び》から、たくさんの火《ひ》の粉《こ》がまいあがるのが見《み》えたの!

あたしがサンタさんの手紙《てがみ》に書《か》いた言葉《ことば》が空《そら》に飛《と》んでいくのが見《み》えた。

サンタ、トナカイ、ポーゴー、自転車《じてんしゃ》、ロケット弾《だん》…言葉《ことば》たちがオレンジの火《ひ》の粉《こ》になって暗闇《くらやみ》の中《なか》に飛《と》んでいったの。すごくきれい！

あたしが書《か》いた手紙《てがみ》とプレゼントのほしいものリスト、ちゃんとサンタさんにとどいたって、ママがいった。あたし、ますますドキドキ、ワクワクしちゃった！

クリスマスがくるのがまちどおしいな！

4

十一月《がつ》がこまっちゃうのは、三十日《にち》もあることね。もし十一月《がつ》が一日《にち》しかなかったら、すぐに終《お》わっちゃって、こんなにまたされなくてもいいのにな。

ボンファイアの日《ひ》から、四十一日《にち》と半日《はんにち》も、まっているのに、クリスマスの日《ひ》まで、まだ九日《か》もあるの！

ああ、はやくクリスマスがこないかな！

クリスマスをまってるのって、こまっちゃう。ふだんなら、ちっともワクワクしないことでも、ワクワクドキドキしちゃうんだものね！

けさ、ようふくをきているときに、くつしたをみただけで、ワクワクしちゃったの。

でね、クリスマス劇《げき》の衣装《いしょう》をためしに着《き》たら、もうたいへん！　ワクワクがばくはつしちゃったわ！

クリスマス劇《げき》はね、きょうの午後《ごご》だったの。

クリスマス劇《げき》だったはずなんだけど。

あたし、クリスマス劇《げき》がはじまるのが、まちきれなかったの！

もんだいはね、はじまったのはいいけれど、クリスマス劇《げき》がちゃんと終《お》わらなかったことなの。

だって、なにもかも、うまくいかなかったんだもの。

まったく、大失敗《だいしっぱい》ね。ほんとのことといって。

あたしがこうふんして、ワクワクがばくはつしなければ、こんなことにはならなかったって、ママはいうけど。ギャビーは、劇《げき》はだいなしだったけれど、とてもおもしろかったってさ。ともだちも、みんな、おもしろがっていたって。

でもピーターズ先生《せんせい》は、あたしのせいで、クラス中《じゅう》ががっかりして、学校中《がっこうじゅう》ががっかりして、集《あつ》まったお客《きゃく》さんみんながっかりしたって。

あーあ、サンタさんががっかりしていなければいいいんだけどな。

でもさ、悪《わる》いのは、あたしじゃないの！

悪《わる》いのは、ピーターズ先生《せんせい》よ。

クリスマス劇《げき》にでなさいっていったのは、あたしじゃなくて、ピーターズ先生《せんせい》だし。

みんな、ピーターズ先生《せんせい》が悪《わる》いの。

赤《あか》ちゃんのイエスさまをマリアさまのところにもっていきなさいっていったのは、ピーターズ先生《せんせい》だもの。あたしじゃない。

そうよ、ピーターズ先生《せんせい》が悪《わる》いの。

マリアさまにわたすまえに、赤《あか》ちゃんのイエスさまをゆすってあやしなさいっていったのは、ピーターズ先生《せんせい》だもの。

みんなピーターズ先生《せんせい》のせいよ。

だから、だれが悪《わる》いっていったら、あたしじゃないの。

ピーターズ先生《せんせい》なのよ！

明日《あした》の午前《ごぜん》九時《じ》に校長先生《こうちょうせんせい》のところにいかなくちゃいけないのは、ほんとうはピーターズ先生《せんせい》なのよ。

あたしじゃないの！

5

三週間《しゅうかん》ぐらいまえだったかな、ピーターズ先生《せんせい》があたしたちのクラスでクリスマス劇《げき》をやるっていったの。

書《か》き取《と》りのテストのあと、ピーターズ先生《せんせい》は手《て》をパチパチしてから、下級生《かきゅうせい》のクリスマス劇《げき》は十二月《がつ》十六日《にち》の水曜日《すいようび》の午後《ごご》にやりますっていったの。

クスリマヌ

そのとき、あたし、ちょっとがっくりしてたの。

クリスマスっていう問題《もんだい》で、クスリって書《か》いちゃったの。

それから、マヌって。

カタカナって、だから、いやになっちゃう。

ママは、あまり練習《れんしゅう》させてくれなかったの。

でも、たのしいおしらせがあったから、元気《げんき》になったの！

去年《きょねん》のクリスマス劇《げき》はね、あたしたち、ただすわって見《み》ているだけだった。

それから、拍手《はくしゅ》ね。

あたしたち、ちゃんとした劇《げき》をやるには、ちいさすぎたのね。

でも、ことしは、なんでもできるだけ、大《おお》きくなったのよ！

ピーターズ先生《せんせい》が、ほんものの舞台《ぶたい》で、ほんものの劇《げき》をやってもいいって教《おし》えてくれて、あたしたち、めちゃくちゃ、うれしかったの！

たくさんのおかあさん、おとうさんがあたしたちの劇《げき》を見《み》にくるって先生《せんせい》がいうと、フィオナ・タッカーなんて、おもらししそうになっちゃったよ！

これだから、フィオナ・タッカーって、こまっちゃうの。

おひるごはんに、ジュースをのみすぎるのよ。

先生《せんせい》はね、クリスマス劇《げき》をやるのは、たいへんだっていうの。努力《どりょく》に努力《どりょく》をかさねて、おけいこにおけいこをくりかえすの。先生《せんせい》や、おかあさんに見《み》てもらって、ちゃんと演技《えんぎ》ができるようにするんだってさ。たくさんのセリフをおぼえたり、新《あたら》しい曲《きょく》も歌《うた》えるようにならないといけないの。それにね、じぶんたちで衣装《いしょう》をつくらなきゃいけないんだって！

ちがった、衣装《いしょう》はママがつくってくれるのね。

それから、ピーターズ先生《せんせい》は、明日《あした》になったら、クリスマス劇《げき》で、クラスのだれがどの人《ひと》をやるのか、教《おし》えてくれるっていったの。

あたし、すぐに手《て》をあげて、東方《とうほう》の三博士《さんはかせ》で、黄金《おうごん》の贈《おく》り物《もの》をもつ博士《はかせ》をやりたいって、いったの。でも、ピーターズ先生《せんせい》は、みんなに手をおろしなさいっていった。

先生《せんせい》は、明日《あした》の朝礼《ちょうれい》が終《お》わったあとに、だれがどの人《ひと》をやるかを教《おし》えてくれるって。

それから、ママにわたす、学校《がっこう》のお手紙《てがみ》をくれたの。

あたしとギャビーが学校《がっこう》の門《もん》までいくと、ママがむかえにきていた。

ママはとくべつなクリスマスのお手紙《てがみ》を読《よ》むと、「なんて、すてきなんでしょう！

ママ、クリスマスのお話《はなし》ってだいすきよ！　どのクリスマスキャロルを歌《うた》うのかしら。

デイジーやギャビーはどの役《やく》をするのかしらね」っていったの。

やく？　あたし、「ママ、クリスマスのお話《はなし》では、パンを焼《や》くところなんてでてこないよ」っていったの。

そしたら、ママが教《おし》えてくれた。

「パンを焼《や》く、『やく』じゃないの、デイジー。役《やく》よ、役者《やくしゃ》さんの役《やく》。役《やく》っていうのはね、役割《やくわり》のことで、劇《げき》の中《なか》でどの人《ひと》をやるかってことよ」

あたし、黄金《おうごん》をもった博士《はかせ》をやりたいっていったの。だって、黄金《おうごん》をもってるから、お金持《かねも》ちでしょ！　ギャビーは、青《あお》い服《ふく》をきたマリアさまをやりたいって。おうちに青《あお》い服《ふく》があるからだって。

あたしとギャビーはうれしくなっちゃって、おうちにつくまでクリスマスゲームをやったの。

クリスマスゲームっていうのは、かわりばんこにクリスマスでだいすきなことをいっていくの。で、クリスマスでだいすきなことをいえなかったら、負《ま》けよ。

でもさ、負《ま》けることなんてないわね。

だって、クリスマスって、すきで、すきで、だいすきなことばかりじゃない。

「サンタさんがだいすき！」

あたし、いったの。

そしたらね、ギャビーも「あたしもサンタさんがだいすき！」っていったの。

「あたし、ゆきだるまがだいすき！」
ギャビーがいったの。
あたしもゆきだるまがだいすき！　っていったの。

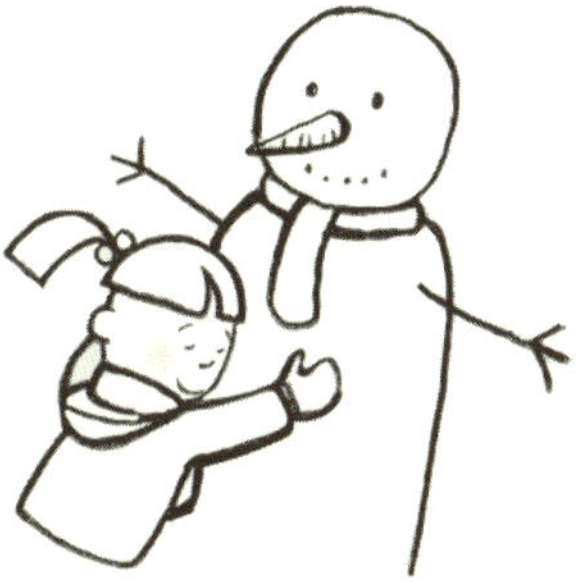

それから、あたし、クリスマスプレゼントがだいすき！っていった。
そしたらね、ギャビーも「あたしもクリスマスプレゼントがだいすき！」っていったのよ。

「あたし、クリスマスのソックスがだいすき！」ってギャビーがいった。

それから、あたし、「あたし、クリスマス劇《げき》にでるのってだいすき！」っていったの。

「三人《さんにん》の博士《はかせ》をやるのが、だいすき！」

そしたら、ママがことわりもせずに、あたしたちのクリスマスゲームにわりこんできたの。

「ママは、クリスマスキャロルがだいすき！」

こまっちゃうのはね、ママったら、歌《うた》いだしちゃうんだ。

ママのクリスマスキャロルがこまっちゃうのはね、ママって、おんちなの。ママの歌《うた》ってさ、はっきりいって、ぶきみなのよ。ハミングでもね。

だから、あたしとギャビー、クリスマスゲームをやめることにしたの。だって、おうちにつくまで、耳《みみ》をおさえなくちゃならなかったんだもの。

6

つぎの朝《あさ》、ギャビーをむかえにいったら、あたし、こうふんしちゃって、学校《がっこう》の制服《せいふく》の上《うえ》からだって、心臓《しんぞう》がバクバクしてるのがわかっちゃうくらいだった。学校《がっこう》でクリスマス劇《げき》をやることになっているからだけじゃなくて、ギャビーのパパとママが庭《にわ》にクリスマス用《よう》のかざりつけをしたからなの。世界《せかい》でいちばんクリスマスっぽい庭《にわ》になってたの！

ゴミ箱《ばこ》のそばにダンスをおどる雪《ゆき》だるま、芝生《しばふ》の上《うえ》には、電気《でんき》で光《ひか》るルドルフがいたわ。鼻《はな》はね、赤《あか》い電球《でんきゅう》がついてるの。ほかにもクリスマスのかざりがいっぱいある。それから、おうちの窓《まど》という窓《まど》、ぜんぶにクリスマスの豆電球《まめでんきゅう》がついているのよ！

ギャビーのうちは、クリスマスになると、いつもけばけばしくなるのね、ってママがいった。けばけばしいって、いい意味《いみ》ではないけど、ママのほうがまちがってるわよ。

だって、ギャビーのうちの庭《にわ》のクリスマスかざりは、それはそれは、すてきなんだもん。うちの芝生《しばふ》にも、鼻《はな》がピカピカ光《ひか》る、プラスチックのトナカイがいればいいのに。うちのやねにも、ほんものの鈴《すず》がついた、空気《くうき》でふくらませる、ビニールのサンタさんのそりをつけたいなあ。

サンタさんの人形《にんぎょう》は、ちゃんと「ホーホーホー」っていうのよ。ダンスをおどるプラスチックのエルフたちがいてね。エルフは、サンタさんのおてつだいをする妖精《ようせい》よ。エルフたちは、前《まえ》を人《ひと》がとおりすぎると「ヒーヒーヒー」っていうのよ！

ギャビーのうちの玄関《げんかん》をノックしてから、あたし、ルドルフの頭《あたま》をなでて、サンタさんに「ホーホーホー」っていって、「ヒーヒーヒー」ってエルフたちにいって、それから、ちょっとうしろに立って、窓《まど》の中《なか》のクリスマスツリーを見ながらまっていたの。

ギャビーのうちのクリスマスツリーって、ほんとうにきれい。ほんものの木《き》をつかっていて、かざりがいっぱいつけてあって、キラキラしているの。ピカピカする豆電球《まめでんきゅう》も

Here please
HO HO HO
Merry Christmas

ついてるのよ。赤《あか》、みどり、きいろ、青《あお》の豆《まめ》電球《でんきゅう》が三種類《しゅるい》の光《ひか》り方《かた》をするんだから！

ギャビーのうちのクリスマスツリーのことも、やっぱりけばけばしいって、ママはいうの。

でもさ、あたし、だいすきよ！

それにさ、ギャビーのパパとママは、一日中《にちじゅう》、クリスマスツリーの豆電球《まめでんきゅう》をつけてくれるのよ！　うちでは、くらくなってからじゃないと、クリスマスツリーの豆電球《まめでんきゅう》はつけてくれないの。電気《でんき》をむだにしてはだめって、ママはいうんだ。

電気《でんき》をむだにしないって、こまっちゃうの。クリスマスの電気《でんき》のかざりはね、

まっくらだとちっともきれいじゃないの。

まったくきれいじゃないってわけじゃないのよ。でもさ、クリスマスツリーの豆電球《まめでんきゅう》がついていたほうが、キラキラしているんだもの。うちのクリスマスツリーは、電気《でんき》をつけると白《しろ》く明《あか》るく光《ひか》って、妖精《ようせい》がきらめいているように見《み》えるの。色《いろ》のついた豆電球《まめでんきゅう》とおなじぐらいすてきなのよ。

うちのクリスマスツリーがこまっちゃうのはね、ちょっとばかりゆがんでいるの。それはね、ママがおしいれにしまうとき、おりまげているからなの。

うちのクリスマスツリーは、みどりのプラスチックでできていて、枝《えだ》は、ねじこんでとりつけるの。枝《えだ》をねじこんだところは、あまりかっこよく見《み》えないんだけど、かざりや豆電球《まめでんきゅう》をつけるとね、なかなかいいのよ。

ギャビーのクリスマスツリーと交換《こうかん》してもいいっていったら、交換《こうかん》するけれど、でもきっと豆電球《まめでんきゅう》はうちのほうがいいな。

学校《がっこう》まで、あたしとギャビーは、またクリスマスゲームをしたの。でも、こんどはね、ちっちゃな声《こえ》でしたの。ママが気《き》がついて、クリスマスキャロルを歌《うた》いだしたらこまっちゃうもの。

「あたし、クリスマスプレゼントがだいすき！」

ギャビーがちっちゃな声《こえ》でいった。

「それ、きのうもいったよ！」

あたし、わらっちゃったの。

「でも、ほんとにすきなんだもん」

ギャビーもわらったの。

「あたし、雪《ゆき》がだいすき！」
ギャビーがちっちゃな声《こえ》でいったの。

「あたしも、雪《ゆき》がだいすき！」
あたしもちっちゃな声《こえ》でいった。

「でも、とけちゃうまえよ」

「あたし、雪《ゆき》のたまをなげるの、
だいすき！」

ギャビーがいったの。

「あたしも！」

あたしもいった。

「あたし、クリスマスカードがだいすき！」
ギャビーがいったの。

「あたし、クリスマスのかざりがだいすき！」
あたしがいった。

「あたし、クリスマスのミンスパイがだいすき！」
ギャビーがいったの。

「あたし、クリスマスケーキがだいすき！」
あたしがいった。

「あたし、七面鳥《しちめんちょう》がだいすき！」
ギャビーがいったの。
「あたし、つめもの料理《りょうり》がだいすき！」
あたしがいった。

「ママは、クリスマスキャロルがだいすき！」

またまた、ママがいいだしたの！

それで、どうしたと思《おも》う？　またまた、クリスマスキャロルを歌《うた》いだしちゃったのよ！　だから、あたしたち、またまたクリスマスゲームをやめなくちゃいけなかったの。

それで、学校《がっこう》までずっとママの歌《うた》をきくことになっちゃった。

あたし、校門《こうもん》のところで、うっかりママにキスするのをわすれるところだった。それほどママの歌《うた》ってひどいのよ。

7

学校《がっこう》にいくと、校庭《こうてい》にあつまったみんなは、クリスマス劇《げき》のことに、すっかり夢中《むちゅう》になっていたの！

コーリン・ケトルはひつじかいの役《やく》をやりたいんだって。ニシュタ・バガットは、背《せ》中《なか》に六枚《まい》の羽《はね》がついてる天使《てんし》、ポーラ・ポッツは三人《にん》の博士《はかせ》の役《やく》をやりたいっていったけど、でも、どの贈《おく》り物《もの》をもっている博士《はかせ》でもいいんだって。リーアム・キャルデコットのおとうさんは、リーアムがヨセフの役《やく》につけなかったら、ピーターズ先生《せんせい》に手紙《てがみ》をかいて、もんくをいうってさ。

朝礼《ちょうれい》のとき、あたしとギャビーは、はしゃぎすぎて、歌《うた》もちゃんと歌《うた》えなかった。あたしたちの声《こえ》は、キーキーっていうだけだったんだもの！

ハリー・ベイリスは、ずっともじもじしていた。ハリーはね、ローマの兵隊《へいたい》をやりた

いの。ほんものの剣《つるぎ》をもってね。フィオナ・タッカーは、またおもらししそうになっちゃったの。フィオナは、魔法《まほう》のつえをもった天使《てんし》になりたくてしょうがないの。リバティ・ピアースはね、ラクダにのれますようにって、神様《かみさま》においのりしたんだって。

「あたし、ぜ――――ったい、東方《とうほう》の三博士《さんはかせ》の、黄金《おうごん》をもった博士《はかせ》をやりたいの！」

教室《きょうしつ》にもどるとき、あたし、ギャビーにいったの。

「あたし、ぜ――――ったい、マリアさまになりたいの」

ギャビーがいった。

ギャビーがいうにはね、クリスマス劇《げき》でいちばんの役《やく》は、マリアさまなんだって。それはね、青いドレスをきてるから。ギャビーは、青《あお》がいちばんすきなの。それにマリアさまはロバに横座《よこずわ》りでのれるからなんだって。

ロバに横座《よこずわ》りできるのは、サーカスの人だけだよって、あたし、いったんだけど、ギャビーはマリアさまが横座《よこずわ》りしている写真《しゃしん》を見《み》たことがあるんだってさ。それなら、ほんとうなのね。

あたし、ギャビーに教《おし》えてあげたの。マリアさまがロバに横座《よこずわ》りしたとしても、クリスマス劇《げき》では、あたしたち、ロバにのることはできないって。それにね、三人《にん》の博士《はかせ》で黄金《おうごん》の贈《おく》り物《もの》をもってる博士《はかせ》はね、ラクダをひいてるんだよ。ロバより、ラクダのほうがずっといいでしょ。

それにさ、黄金《おうごん》の王冠《おうかん》をかぶっているほうが、青《あお》いドレスをきるよりも、ずっといいと思《おも》うもの。

それにさ、黄金《おうごん》の贈《おく》り物《もの》をもってるのも、いいでしょ！

それから、あたし、気《き》がついたんだけど、どっちにしろギャビーはマリアさまにはなれないわ。だってギャビーの髪《かみ》の毛《け》、ブロンドだもの。

ギャビーは、はらをたてて、ろうかのかべをけった。

ろうかのかべをけるって、こまっちゃうの。学校《がっこう》のくつのつまさきをいためちゃうからね。

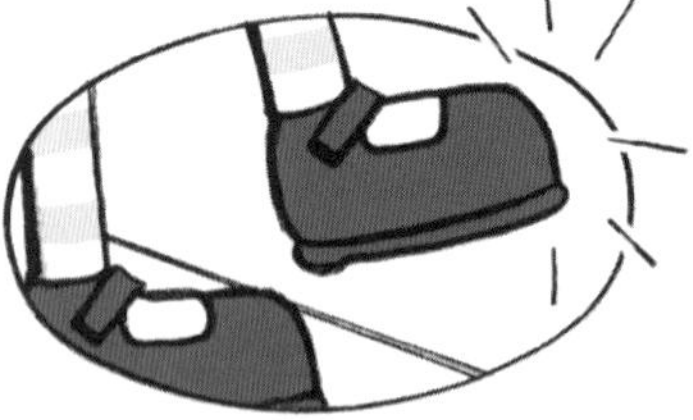

ギャビーは、つまさきのきずを見《み》たら、きっとママがおこるっていうの。だって、そのくつ、二時間《じかん》まえにおろしたばかりのおニューなんだって。

教室《きょうしつ》にいってから、くつのさきにつばをつけて、よくこするのよって、あたし、教《おし》えてあげた。あたしも、きずをつけちゃったら、いつもそうしてるの。ちょっとのあいだは、きずがきえるのよ。

ギャビーは、マリアさまの黒《くろ》い髪《かみ》のかつらをかぶることにするって。それに、ラクダだって学校《がっこう》にはつれてきちゃだめだって。それに、三人《にん》の博士《はかせ》の黄金《おうごん》は、ほんものをつかえないけど、ギャビーのふくはほんものの青《あお》いふくだってさ。ピーターズ先生《せんせい》がいったら、ギャビーはずきんもかぶるし、くつもはくって。

青色《あおいろ》のくつって、こまっちゃう。学校《がっこう》のくつは黒《くろ》くなくちゃいけないから。

ほかの色《いろ》だと、おこられちゃうの。
とくに白《しろ》いうんどうぐつはね。

8

朝礼《ちょうれい》が終《お》わって、あたしたちは教室《きょうしつ》にもどって、すわったんだけど、ピーターズ先生《せんせい》は教室《きょうしつ》をしずかにするために、六回も手をたたかなければならなかった。ピーターズ先《せん》生《せい》は、もう一回《かい》、手《て》をたたいたの。ジャック・ビーチホイッスルがさわぐのをやめなかったから。

そしたら、フィオナ・タッカーが手《て》をあげて、トイレにいってもいいか、きいたの。だから、あたしたち、クリスマス劇《げき》でだれがどの役《やく》をやるのか、教《おし》えてもらうのをずっとまっていなくちゃならなかった。

フィオナ・タッカーったら、おなかがはちきれそうになるぐらい、おしっこがたまっていたのね。なかなか、トイレからもどってこないんだもの。

フィオナがもどってこないうちに、こんどは、リバティ・ピアーズがおしっこにいきたくなっちゃったの。

そしたら、コーリン・ケトルもよ。

それから、ジャック・ビーチホイッスルも！　でも、ジャックはいかせてもらえなかったの。だって、ほんとには、トイレになんか、いきたくなかったんだもん。

みんながトイレからかえってくると、ピーターズ先生《せんせい》は手《て》を二回《かい》たたいて、いったの。

「さあ、みなさん、しずかにしなさい。これから、先生《せんせい》がリストを読《よ》み上《あ》げますからね。先生《せんせい》は、クリスマス劇《げき》でだれが、どの役《やく》をやるのか、えらびました。はじめに名前《なまえ》をよんで、そのあとに劇《げき》の役名《やくめい》をいいます。たとえば、ギャビー、あなたは、マリアさまの役《やく》よ」

ギャビーって、こまっちゃう。　とても、運《うん》がいいんだもの。

ギャビーは、キーキー悲鳴《ひめい》をあげてよろこんだ。まるでハムスターね。ギャビーがおちつくと、ピーターズ先生《せんせい》は、ほかの役《やく》を発表《はっぴょう》していった。

ダニエル・キャリントンはヨセフの役《やく》。

ニシュタ・バガットが
東方《とうほう》の三博士《さんはかせ》の、黄金《おうごん》の
贈《おく》り物《もの》をもった博士《はかせ》。

ヴィッキー・キャロウが東方《とうほう》の
三博士《さんはかせ》の、乳香《にゅうこう》をもった博士《はかせ》。

ハリー・ベイリスが東方《とうほう》の三博士《さんはかせ》の、
没薬《もつやく》をもった博士《はかせ》。

リバティ・ピアーズ、
フィオナ・タッカー、
ジャスミン・スマートは
天使《てんし》の役《やく》。

ダニエル・マクニコルが
キラキラ光《ひか》るお星《ほし》さまの役《やく》。

ジャック・ビーチホイッスルは
ヘロデ大王《だいおう》の役《やく》。

コーリン・ケトル、サンジェイ・ラポール、
バーナデット・レインは、ローマの兵士《へいし》をやるの。
ほんものの剣《つるぎ》をもつのよ。

リーアム・キャルデコットは
宿屋《やどや》の主人《しゅじん》。

メラニー・シンプソンは
宿屋《やどや》のおてつだいさんの役《やく》。

デービッド・アレキサンダー、バリー・モーリイ、
ステファニー・ブレクスピアはひつじかい。

ポーラ・ポッツは
ひつじの番犬《ばんけん》。

名前《なまえ》をよばれなかった、のこりの子はみんな、歌《うた》うひつじになるんだって。モコモコひつじ合唱団《がっしょうだん》っていうの。

うーん、それでね…。

あたしはね、マリアさまのおてつだいになるんだって。さいしょね、ピーターズ先生《せんせい》がマリアさまのおてつだいの役《やく》をやりなさいっていったとき、あたし、なんていったらいいいか、わかんなかった。

あたまがからっぽっていうか……。マリアさまなら、わかるけど、マリアさまのおてつだいって、なに？

それで、あたし、ギャビーにきいたの。

「ねえ、マリアさまのおてつだいって？」

あたし、ちいさな声《こえ》でいった。

「あたしのおてつだいをする人よ！」

ギャビーはうれしそうにいったの。

「よかったじゃない、デイジー！　あたしたち、いっ

しょにクリスマス劇《げき》にでられるんだよ！　ピーターズ先《せん》生《せい》は、あたしたちをいっしょにしてくれたんだ！」

「あたしたち、なかよしだから！　さいこうだと思《おも》わない？」

だから、あたし、東方《とうほう》の三博士《さんはかせ》にはなれなかったけれど、そのかわりマリアさまのおてつだいになれて、うれしくなっちゃった！

ギャビーがマリアさまになる！　それで、あたしがギャビーのおてつだいになる！

あたしたち、クリスマス劇《げき》の中《なか》の、とくべつなクリスマスのチームよ！

ねえ、すごいでしょ！

9

ピーターズ先生《せんせい》は、クリスマス劇《げき》の役《やく》の発表《はっぴょう》をおえると、あたしたちにしずかにするようにいった。

ジャック・ビーチホイッスルはだめだったけど。ジャック・ビーチホイッスルは、ぜったいにしずかにならないもの。

ジャックはずっと手をふって、ヘロデ大王《だいおう》ってだれなのかってきいていた。あまりうるさくきくので、とうとう、ジャックは教室《きょうしつ》の外《そと》にだされちゃったの。

五分《ふん》ほどして、ピーターズ先生《せんせい》はジャックを教室《きょうしつ》にもどした。

それから、ピーターズ先生《せんせい》は、クリスマスのお話《はなし》をしてくれたの！

クリスマスのお話《はなし》って、こまっちゃうの。だって、あたしにいわせれば、ちょっとおかしな話《はなし》なんだもん。

こんなお話《はなし》なの。
ある日《ひ》（ある夜《よる》ね）、マリアさま（クリスマス劇《げき》でギャビーがやるの）が夢《ゆめ》を見《み》るの。神《かみ》さま（クリスマス劇《げき》では、だれもやらない役《やく》）が夢《ゆめ》にあらわれて、マリアさまにいうの。マリアさまが赤《あか》ちゃんをさずかるってね。

それから、その赤《あか》ちゃんはね、イエスさまってよばれるようになるって。イエスさまは、神《かみ》さまの子《こ》どもなの。

イエスさまは神《かみ》さまの子《こ》どもなんだけど、神《かみ》さまはほかのおとうさんに育《そだ》ててもらうことにしたの。そこで、神《かみ》さまはマリアさまにたのんだの。マリアさまのだんなさん、ヨセフっていうんだけど、ヨセフに神《かみ》さまのかわりにイエスさまを育《そだ》ててもらえないかって。

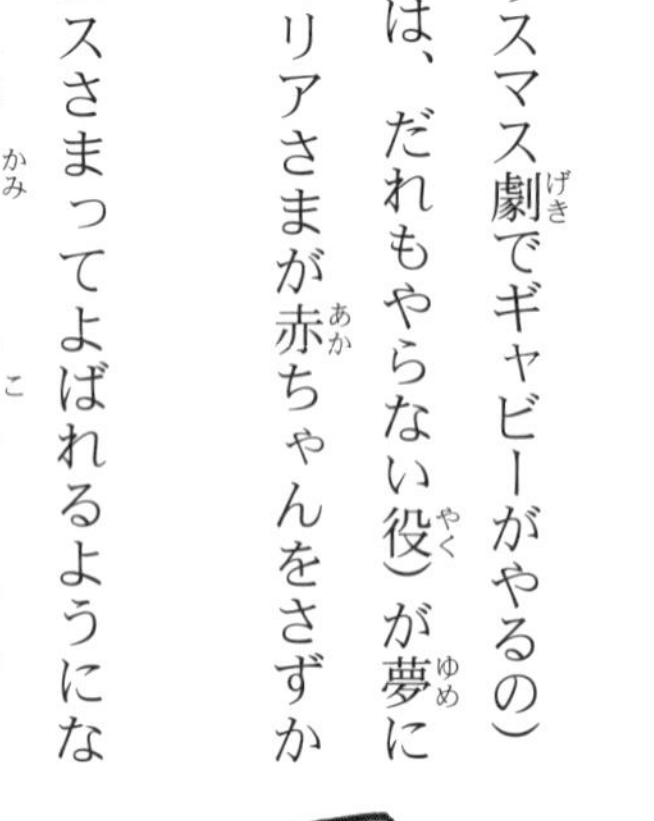

神《かみ》さまって、こまっちゃうのよね。だって赤《あか》ちゃんのめんどうを見《み》られないほどいそがしいんだもの。たとえ、それが自分《じぶん》の

赤《あか》ちゃんでもね！

そしたら、ダニエル・キャリントンが手《て》をあげたの。クリスマス劇《げき》でヨセフの役《やく》をやる子《こ》よ。ダニエルはピーターズ先生《せんせい》にきいたの。

「せんせーい、マリアさまは、ヨセフのおくさんなんでしょ。それなのに、神《かみ》さまの赤《あか》ちゃんをうむってことはさ……？」

ピーターズ先生《せんせい》の顔《かお》がまっ赤《か》になったの。そして、ちがいますって。神《かみ》さまは、「ふしぎな力《ちから》をもっている」からだって。

そしたら、ジャック・ビーチホイッスルがおどけたような、へんなかっこうをしはじめたので、また教室《きょうしつ》からだされちゃった。

ジャック・ビーチホイッスルが教室《きょうしつ》にもどってから、ピーターズ先生《せんせい》はお話《はなし》のつづきをしてくれた。ヨセフは、赤《あか》ちゃんのイエスさまがうまれるのを、とてもよろこんだんだって。

ヨセフは大工《だいく》さんなんだってさ。きっと赤《あか》ちゃんのイエスさまのために、木《き》のおもちゃを作《つく》ったんだろうな。

赤《あか》ちゃんのイエスさまは、マリアさまのおなかの中《なか》で大《おお》きくなっていって、みんな、それはそれはうれしかったんだって。

でも、ある日《ひ》のこと。赤《あか》ちゃんイエスさまがもうすぐうまれそうっていうときよ。マリアさまとヨセフは、ベツレヘムという町《まち》にいって、とくべつなリストに名前《なまえ》を書《か》かなくちゃいけないっていわれるの。

ベツレヘムはね、ヨセフとマリアさまがうまれた町《まち》なの。とくべつなリストっていうのはね、「あたしはここでうまれました」という住《じゅう》民登録《みんとうろく》っていう書類《しょるい》なの。

住民登録《じゅうみんとうろく》ってたいへんなのよ。もし、ほかの町《まち》にひっこししたら、登録《とうろく》するために、もとの町《まち》にもどらなくちゃいけないの。赤《あか》ちゃんがうまれそうでもね。そうしなくちゃ、登録《とうろく》できないの。

マリアさまとヨセフは、ロバを買《か》って、ナザレという住《す》んでいる町《まち》

から、ふたりがうまれたベツレヘムまででかけたの。**ロバって、こまっちゃうの。**だってふたりをのせるほど、大きくないでしょ。だからヨセフはずっと歩《ある》かなくちゃならなかったの。ニシュタ・バガットは、ふたりはロバじゃなくて、ラクダを買《か》えばよかったっていうの。ラクダなら、大《おお》きいから、ふたりでのれるじゃない。

でも、**ラクダってこまっちゃの。**とても高《たか》くて買《か》えないのよ。東方《とうほう》の三博士《さんはかせ》なら、買《か》えたんだけどさ。

というわけで、ふたりはロバを買《か》ったわけよ。

ふたりがロバになんて名前《なまえ》をつけたか、わからないの。だから、あたし、ボタンちゃんって名前《なまえ》でよぶことにしたわ。

ぽかぽかあたたかい、ふるような星空《ほしぞら》の夜《よる》、マリアさまとヨセフとボタンちゃんは、ベツレヘムむけて出発《しゅっぱつ》したの。砂漠《さばく》をこえる旅《たび》よ。

砂漠《さばく》ってこまっちゃうの。砂《すな》って、どこを見《み》ても、おなじに見《み》えるでしょ。気《き》をつけないと、すぐに道《みち》にまよっちゃうじゃない。とくに、まっくらだとね。

だからね、マリアさまとヨセフが道《みち》にまようことなくベツレヘムにつけるように、神《かみ》さまは、とても大きな、かがやく星《ほし》を夜空《よぞら》においたのよ。

天使《てんし》たちは、ほかの人《ひと》たちにも、その星《ほし》にしたがえば、ベツレヘムにたどりつくって教《おし》えてあげたの。

夜《よる》のあいだ、ひつじを見守《みまも》っている、

ひつじかいたちは、赤《あか》ちゃんイエスがとくべつな赤《あか》ちゃんで、うまれる場《ば》所《しょ》もとくべつな場《ば》所《しょ》になるって、きいていたの。東《とう》方《ほう》の三《さん》博《は》士《かせ》たちも天《てん》使《し》たちから、イエスさまのことをきいていたの。

三人《にん》の博《は》士《かせ》とひつじかいたちは、赤《あか》ちゃんイエスさまがうまれるところを見《み》たかったのね。だから、たくさんのひつじをつれて、たくさんの贈《おく》り物《もの》をもって、ベツレヘムにむかったの。

マリアさまとヨセフはさいしょにベツレヘムについたの。さきに出《しゅっ》発《ぱつ》したからね。こまったのはね、とまるところがどこにもなかったの。

どこの宿屋《やどや》をたずねても、宿屋《やどや》の主人《しゅじん》は「あいている部屋《へや》はありません」というの。バリー・モーリーは、宿屋《やどや》の主人《しゅじん》たちはおかしいっていったの。マリアさまとヨセフがねむる場所《ばしょ》なんて、どこかに見《み》つかるはずだって。ソファにねたっていいじゃないかって、バリーはいったの。マリアさまは、もうすぐ赤《あか》ちゃんをうむのに。

でも、さいごには、しんせつな宿屋《やどや》の主人《しゅじん》がマリアさまとヨセフをとめてあげたの。ふたりを馬小屋《うまごや》にねかせてあげたのね。

馬小屋《うまごや》でねるって、こまっちゃう。だって、馬小屋《うまごや》はくさいでしょ。

馬小屋《うまごや》っていうのは、馬《うま》や牛《うし》、ひつじをかっているところだから、牛《うし》やひつじがいっぱいいるし、いろんなものがおいてあるでしょ。あたらしいわらがしいてあっても、ほら、あのにおいがしてくるはずよ。馬《うま》が、しちゃったりしたらね。

でも、ピーターズ先生《せんせい》は、ほかの場所《ばしょ》をさがすことなんかできなかったって。ということで、赤《あか》ちゃんイエスさまは、そこでうまれたわけよ！

ポーラ・ポッツのおかあさんは赤《あか》ちゃんをうんだばかりだけど、じぶんは馬小屋《うまごや》なんかで赤《あか》ちゃんをうみたくないって。赤《あか》ちゃんをうむなら、きれいでせいけつな、病院《びょういん》がいいなって、ポーラはいったの。おうちに赤《あか》ちゃんをつれていったら、かわいい赤《あか》ちゃんベッドにねかせてあげるんだって。赤《あか》ちゃんベッドには、テディベアもいっしょにねかせてあげるって。それから、子守歌《こもりうた》がながれるメリー・モビールもね。赤《あか》ちゃんのようすがはなれたところでもわかるようにモニターセットも買《か》うし、お

むつをかえる場所《ばしょ》もちゃんとするって。でもピーターズ先生《せんせい》は、むかしのことだから、マリアさまもヨセフもそんなものはもっていなかったっていったの。赤《あか》ちゃんイエスさまをうむために、マリアさまとヨセフがもっていたのは、かいばおけだけだったの。そのかいばおけだって、かりたものだったんだって！

かいばおけって、こまっちゃう。赤《あか》ちゃんのベッドにするためのものじゃないもの！

ところでさ、かいばおけって、なんだかしってる？　木《き》でできた箱《はこ》でね、馬《うま》のごはんをいれておくところなのよ！　馬《うま》のごはんって、ほ

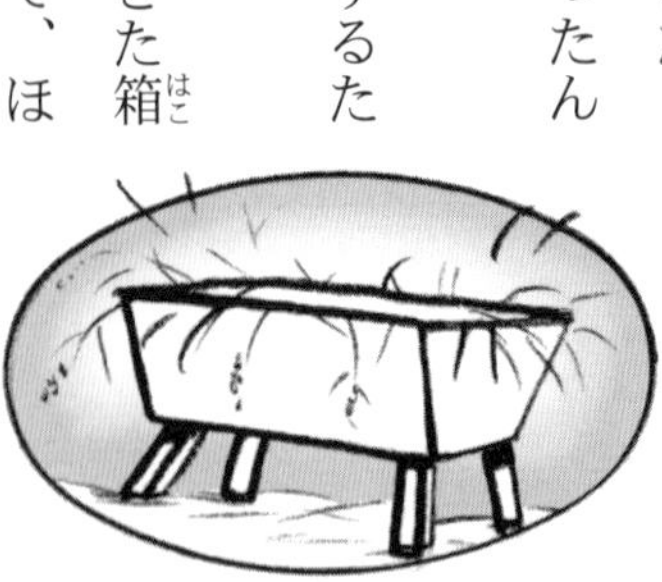

しくさとか、くさとか、おさとうのちいさなかたまり、とかよ。

かいばおけって、赤《あか》ちゃんをいれておくところじゃないの。おさとうのかたまりをとりだして、きれいなほしくさをひいておいたとしてもよ。

でも、マリアさまとヨセフはそうしたのよ！

ひつじかいたちと、三人《にん》の博士《はかせ》たちは、マリアさまとヨセフが赤《あか》ちゃんイエスさまをかいばおけにいれるのをだまってみてたのよ！

あたしにいわせればね、赤《あか》ちゃんイエスさまは、黄金《おうごん》や乳香《にゅうこう》や没薬《もつやく》なんていらないのよ。あたらしい赤《あか》ちゃんベッド、大《おお》きなテディベア、それからやわらかい毛布《もうふ》があったほうがぜんぜんよかったはずよ。
これだから、**東方《とうほう》の三博士《さんはかせ》って、こまっちゃうの。**まったくまちがった贈《おく》り物《もの》をもってきちゃったんだから。
イエスさまがうまれてから、ひつじかいたちやひつじたち、博士《はかせ》たち、それからたぶん、ニワトリたちも、かいばおけのまわりにあつ

まって、どんなにとくべつな赤《あか》ちゃんがうまれたのか、見《み》たはずよ。イエスさまは、だれがみても、大《おお》きくなったら世界《せかい》の王さまの中の王さまになるって思ったの。
それから、マリアさま、ヨセフ、赤《あか》ちゃんイエスさまをのこして、みんな、おうちにかえっていったの。
でも、お話《はなし》はこれで終《お》わりじゃなかったの。あたしたちは、これでおしまいだと思《おも》ったんだけど、そうじゃなかったのよ！
なぜかって？　ヘロデ大王《だいおう》がイエスさまがうまれたことを知《し》ったからなの。ヘロデ大王《だいおう》はイエスさまがうまれたことが気《き》にいらな

かったの！　ヘロデ大王《だいおう》はイエスさまのことをとってもねたんだの。サンタさんのトナカイたちが、ルドルフのことをねたんだよりも、もっとねたんだのよ！

ヘロデ大王《だいおう》は、じぶんが世界《せかい》の王さまの中《なか》の王さまになりたかったの。イエスさまじゃなくてね。ヘロデ大王《だいおう》がどうしたと思《おも》う？

ヘロデ大王《だいおう》は、と――――ってもやきもちをやいたから、ローマ中《じゅう》の兵士《へいし》を送《おく》って、イエスさまをさがさせたの。そして、イエスさまをころそうとしたの。ほんものの剣《つるぎ》でね！

そのとき、チャイムがなったの。

ベツレヘムでなったんじゃないの。ベツレヘムには、チャイムなんてないもの。すくなくとも馬小屋《うまごや》にはないわ。チャイムはね、教室《きょうしつ》でなったの。

ピーターズ先生《せんせい》は、おひるごはんを食《た》べながら、イエスさまのことを心配《しんぱい》しなくてもだいじょうぶですっていったの。聖書《せいしょ》にはね、イエスさまはヘロデ大《だい》王《おう》の兵士《へいし》には殺《ころ》されずに、大《おお》きくなって、世界中《せかいじゅう》の王さまの中の王さまになったって書《か》いてあるって。

ほんとによかったわ。だって、赤《あか》ちゃんイエスさまを心配《しんぱい》しながら、サンドイッチを食《た》べるって、こまっ

ちゃうでしょ。だって、サンドイッチがのどをとおらなくなっちゃうじゃない。
というわけで、みんな、うまくいったわけ。
ジャック・ビーチホイッスルのやつが、あたしたちをつかまえるまではね。

10

ジャック・ビーチホイッスルがヘロデ大王《だいおう》になるって、こまっちゃうの。だって、じぶんが大王《だいおう》になって、校庭《こうてい》を思《おも》いのままにつかえるって思《おも》っちゃってるんだもの。

ジャックは、コーリン・ケトル、サンジェイ・ラポール、バーナデット・レインに命令《めいれい》して校庭《こうてい》にいる人《ひと》をつかまえようとしたの。コーリンたちは、ヘロデ大王《だいおう》の兵士《へいし》だから、命令《めいれい》をきかなくちゃいけないんだって。

でも、あたしとギャビーは、ヘロデ大王《だいおう》があたしたちをつかまえるなんて、おかしいっていったのよ。だって、ヘロデ大王《だいおう》っていったって、ほんとうはジャック・ビーチホイッスルなんじゃない。

コーリン、サンジェイ、バーナデットは、あたしたち、つかまえられなくちゃいけないっていったの。自分《じぶん》たちはヘロデ大王《だいおう》の兵士《へいし》で、剣《つるぎ》だってもってるからだってさ。

でも、剣《つるぎ》なんて、どこにもないじゃない。

そしたらね、あいつら、とうめいな剣《つるぎ》なんだっていうのよ。うそばっかり。だから、あたしたち、あいつらに「あっちへ、いけ！」っていったの。

そこにジャック・ビーチホイッスルがやってきて、あたしたちに降伏《こうふく》しろっていったの。だから、あたしたち、バーカ！　っていって、したをベーッてだしてやったの。

ローマの兵士《へいし》たちにバーカ！　っていうと、たいへんなことになるの。　とうめいな剣《つるぎ》をとうめいな斧《おの》にしちゃうし、ヘロデ大王《だいおう》は、宇宙《うちゅう》パワーをつかっちゃうの！

宇宙《うちゅう》パワーって、すごい力《ちから》があるの。さわられるとあぶないから、あたしたち、大《おお》いそぎでにげたの。

運《うん》がいいことに、校庭《こうてい》のすみっこに東方《とうほう》の三《さん》博士《はかせ》がいたので、こっちにきて、いっしょに戦《たたか》うようにたのんだの。

ジャック・ビーチホイッスルは、自分《じぶん》の三人《にん》の兵士《へいし》のほうが、三博士《さんはかせ》より強《つよ》いっていったけれど、ハリー・ベイリスは、三博士《さんはかせ》の王冠《おうかん》は黄金《おうごん》の弾丸《だんがん》をうてるっていったの！

ヴィッキー・キャロウは乳香《にゅうこう》を毒《どく》ガスにかえちゃったし、ニシュタ・バガットはロープをスパイダーマンのあみにかえてしまったの！

あたしたち、ヘロデ大王《だいおう》と兵士《へいし》たちをつかまえちゃった。

毒《どく》ガス攻撃《こうげき》

イナズマ攻撃《こうげき》

スパイダーマンのくものす攻撃《こうげき》

とうめいパワー攻撃《こうげき》

ジャック・ビーチホイッスルだけは、すぐに牢屋《ろうや》からでちゃったの。ジャックは王《おう》さまだから、法律《ほうりつ》をかえられるんだって。

だから、兵士《へいし》たちも牢屋《ろうや》からだしちゃったの。それから兵士《へいし》たちのとうめいな斧《おの》もとりもどしたの。さいしょ、やっかいなことになったな、と思《おも》ったんだけど、結局《けっきょく》、どうでもよかったのよ。だってお昼休《ひるやす》みがおわって、あたしたち、教室《きょうしつ》にもどらなくちゃいけなかったから。

学校《がっこう》のベルって、こまっちゃうの。いちばん、たのしいときになるんだもの。

ギャビーといっしょに教室《きょうしつ》にもどるとき、あたし、とてもだいじなことに気がついたのよ。

クリスマスのお話《はなし》をしてもらったけれど、あたし、マリアさまのおてつだいがなにをしたらいいか、教《おし》えてもらってないの。

クリスマス劇《げき》でおこった事件《じけん》のことを考《かんが》えると、マリアさまのおてつだいのことなん

か、知《し》らなければよかった
と思《おも》うの。

11

「マリアさまのおてつだいって、いったいなにをするんだと思《おも》う？」

教室《きょうしつ》にもどるとき、あたし、ギャビーにきいたの。

「よく、わかんない。きっと、あたしがロバに横座《よこずわ》りするとき、てつだってくれるとか、それとも馬小屋《うまごや》をきれいにするとか……赤《あか》ちゃんイエスさまをうむとき、馬小屋《うまごや》がきれいなほうがいいでしょ」

「あたし、牛《うし》のうんちをそうじするなんて、いやよ！　ひつじのうんちも、ブタのうんちもいや！　そんなことなら、あたし、おてつだいなんかしないもの！」

あたしはいった。

ギャビーはわらって、いったの。それなら、ピーターズ先生《せんせい》にきいてみようって。

だから、あたし、歌《うた》の時間《じかん》がおわってから、きいてみたの。

ピーターズ先生《せんせい》は、明日《あした》のリハーサルまでに、クリスマス劇《げき》での、じぶんの役《やく》をきちんとわかっておくようにって、クラスのみんなにいったの。

それから、あたしがとってもじょうずに歌をうたいおわると、ピーターズ先生《せんせい》が声《こえ》をかけてくれたの。ピーターズ先生《せんせい》は、マリアさまのおてつだいが、どんなことをするのか、きちんと教《おし》えてくれた。

あたし、マリアさまのおてつだいのことをきいて、きもちがはずんで、うきうきしちゃったの。フィオナ・タッカーみたいに、おもらししそうになっちゃった！

だって、ほんとなのよ。マリアさまのおてつだいって、とっても、とってもだいじな役《やく》なのよ！

ほんとに、ほんとに、きもちがお空《そら》にまいあがっちゃうほ

ど、うきうき、ワクワク、ドキドキしちゃうほど、うれしかったの！

ピーターズ先生《せんせい》はね、赤《あか》ちゃんをうむって、とてもたいへんで、つかれることなんだって教《おし》えてくれた。だからね、マリアさまが、赤《あか》ちゃんイエスさまをうんだとき、あたしがたすけてあげるんだって！

それから、あたしが、マリアさまから、赤《あか》ちゃんイエスさまをうけとって、あらってあげて、きれいなお洋服《ようふく》をきせてあげるの。

ピーターズ先生《せんせい》の説明《せつめい》では、あたしが赤《あか》ちゃんイエスさまをつれていったとき、舞台《ぶたい》の明《あ》かりが消《き》えて、馬小屋《うまごや》の中《なか》はまっくらになるの。そしたら、みんながクリスマスキャロルを歌《うた》うの。もちろんひつじたちもよ。マリアさまとあたしは歌《うた》わなくてもいいの。マリアさまはすっかり疲《つか》れてるし、あたしは、おてつだいでいそがしいから。

それから、照明《しょうめい》がまた、ついたとき、あたしは赤《あか》ちゃんイエスさまをマリアさまにかえすの。きれいにふいて、お洋服《ようふく》をきさせて、かわいい赤《あか》ちゃんを。

あ、そうだ。マリアさまにかえすまえに、あたし、赤《あか》ちゃんイエスさまをだいて、ゆすってあげなくちゃいけないの！

あ、そうそう。それから、あたし、どうすると思《おも》う？　きっと、わかんないわよ！

あたしね、ちゃんとセリフをいわなくちゃ、いけないの！

「見《み》よ！　ここに神《かみ》さまがおうまれになった！」

あたし、このセリフをぜんぶ、できるだけ大《おお》きな声《こえ》でいわなくちゃいけないの。あたし、ひとりだけでよ！

ねえ、何文字《なんもじ》、おぼえなくちゃならないか、わかる？

一八文字《もじ》もよ！！！！　たったひとりでセリフをいうの！

それから、それから、それから！

あたし、ひざをまげて、おじぎもしなくちゃいけないの。マリアさまに赤《あか》ちゃんイエスさまをかえすまえにね。マリアさま…つまり、ギャビーよ。だから、ギャビーは、マリアさまなの！

ねえ、わかるでしょ。あたしがクリスマス劇《げき》でやらなくちゃいけないことを、ピーターズ先生《せんせい》に教《おし》えてもらったとき、あたしがおもらししそうになるぐらい、うれしかったのよ！

（だから、あたし、足《あし》をきつく、きつくばってんにくんでいたの）

もちろん、ないしょ。ギャビーにも、いわなかった。

12

学校《がっこう》がおわったら、みんな、校庭《こうてい》をはしって、むかえにきているおとうさんや、おかあさんのところにいったの。それで、クリスマス劇《げき》でじぶんがなんの役《やく》をやるか、どんな衣装《いしょう》を用意《ようい》しなきゃいけないか、を話《はな》したの！

おとうさんたち、おかあさんたち、みんなニコニコして、うれしそうだった。リーアム・キャルデコットのおとうさんはちがったけど。リーアムが宿屋《やどや》の主人《しゅじん》をやるっていったら、どうしてヨセフじゃないんだって、おとうさんは学校《がっこう》

の事務室《じむしつ》にもんくをいいにいったの。

ママは、マリアさまのおてつだいの服《ふく》、できるだけ、いい服《ふく》をつくってくれるって約《やく》束《そく》してくれたの。でも、そのためには、おばあちゃんからミシンをかりなくちゃって。

ギャビーがね、もし、あたしが青《あお》い服《ふく》をきたら、ふたり、おそろいになるわね！っていった。ママは、できるだけ、そうしてくれるって。

ギャビーは、いまからワクワクしちゃうって。だから、おうちにつくまで、クリスマスゲームをやりましょうって。

ねえ、そしたらさ！　クリスマスですきなこと、もっともっと見《み》つかったのよ！

それでね、ママも、いっしょにやりたいっていったの！

クリスマスキャロルを歌《うた》わないって、約束《やくそく》してから、ママもいれてあげたの。

「クリスマスのクラッカーって、だいすき！」

ギャビーがいった。

あたしもクリスマスのクラッカーってだいすき。でもね、**クリスマスのクラッカーって、こまっちゃうの。**だって、中《なか》にはいってるオモチャがちいさすぎるんだもの。

それにさ、クリスマスのクラッカーって、はずれのをとっちゃうと、オモチャひとつ、もらえないんだもの。ま、よくて、紙《かみ》でできた帽子《ぼうし》ね。ゴムのバンドで頭《あたま》にとめるやつ。にせものの王冠《おうかん》ね。

にせものの王冠《おうかん》って、こまっちゃうの。紙《かみ》でできていて、ほんものの王冠《おうかん》じゃないの。

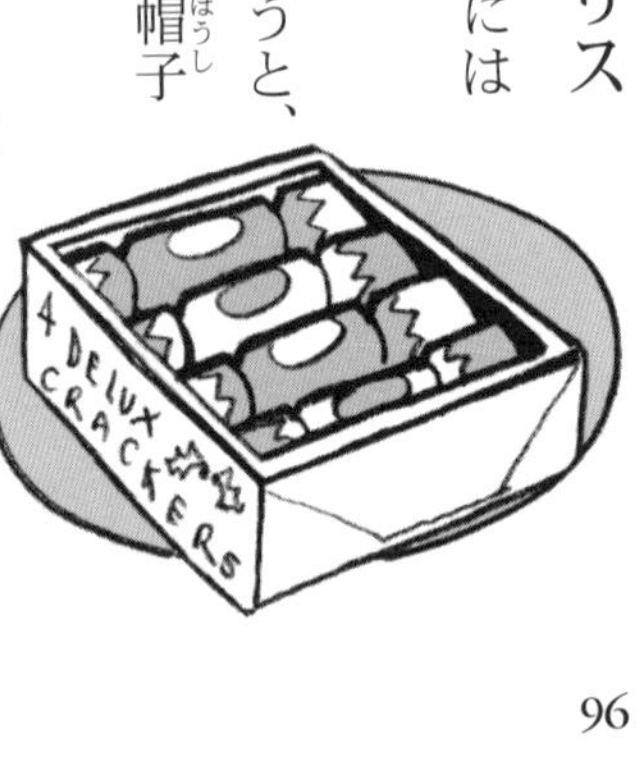

もし、ほんものの王冠《おうかん》だったら、ほら、東方《とうほう》の三博士《さんはかせ》がかぶってる王冠《おうかん》だったら、ほんもののダイヤモンドや宝石《ほうせき》がちりばめられてるの！　それにアンおばさんみたいに、かみのけがふくらんでいても、やぶれたりしないの。クライブおじさんみたいに、大《おお》きな耳《みみ》でもね。

「あたし、チョコレートのお金《かね》、だいすき！」

あたし、いったの。でもね、**チョコレートのお金って、こまっちゃう。**包《つつ》み紙《がみ》をお金《かね》としてつかえないじゃない。だってさ、チョコレートのお金《かね》をつつんでいる紙《かみ》って、ほんもののお金《かね》みたいじゃない。だから、お金《かね》として、ものを買《か》えたらいいと思《おも》わない？

いつだったか、金色《きんいろ》のチョコレートのお金《かね》の包《つつ》み紙《がみ》でシャツのボタンをつつんでみたの。お菓子屋《かしや》さんでつかってみようと思《おも》ったんだけど、だめだった。お菓子屋《かしや》さんのおじさんは、お菓子《かし》を買《か》うには、ほんもののお金《かね》じゃなくちゃだめだってさ。

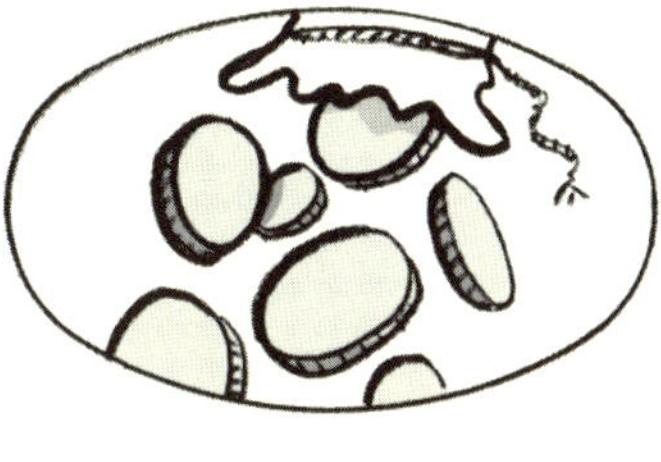

お菓子屋《かしや》さんのおじさんって、こまっちゃう。とてもいじわるなんだもの。

クリスマスの日《ひ》にもよ。

「あたし、コマドリの赤《あか》いむねがだいす

き！」

ママがいったの。クリスマスキャロルより、ずっとましね。

「あたしは庭《にわ》にくる、キジがだいすき！」

ギャビーがいった。

庭《にわ》にくるキジって、こまっちゃう。

あたし、いちども見《み》たことないの。

ギャビーだって、見《み》たことないはずよ。なきごえはきいたことあるけど、でも、おじいちゃんの庭《にわ》には、キジがきたことは、いちどもないの。クリスマスの日《ひ》にもね。

ツグミなら、庭《にわ》で見《み》たことがある。ムクドリもいたっけ。あと、スズメや、青《あお》い小鳥《ことり》がおじいちゃんの庭《にわ》の木《き》のそばにきたことがあるけれど、ほんもののキジは、ここらへんにはいないわよ。

「あたし、ミカンがすき！」

ママがいった。ずるいわよ。だって、ママのじゅんばんじゃないの。

「あたし、パンってなる、クラッカー、だいすき！」
あたしがいった。

「あたし、ソリがすき！」

ギャビーがいった。

「あたし、イチジクとナツメヤシがすき！」

ママがいったけど、ほんとにずるいわよ！　だってさ、いちどにふたつのものをいっちゃいけないんだもの。ママがはじめたゲームじゃないんだから、ルールをかってに変《か》えちゃだめなの。ルールをきめるのは、あたしか、ギャビーなのよ！　ママじゃないの。

「あたし、クリスマスのキラキラのティンセルって、だいすき！」

ギャビーはそういったけど、やっぱり、クリスマスのビスケットにするっていったの。

クリスマスのビスケットって、こまっちゃう。

だって、クリスマスの日《ひ》まで、あけちゃいけないんだもの。クリスマスの日《ひ》に食《た》べる、とくべつなビスケットだから、ほかの日《ひ》に食《た》べちゃだめって、ママがいうの。

毎年《まいとし》、クリスマスになると、とっても大《おお》きな、クリスマスのビスケットの箱《はこ》があるのよ。クリスマスのビスケットは、ふつうのビスケットとはぜんぜんちがうのよ。ふつうのビスケットでも、さくさくクリームのビスケットはすきだけどね。でもね、クリスマスのビスケットは、チョコレートがのってるの。箱《はこ》もね、二段《だん》になっていて、上《うえ》の段《だん》を食《た》べても、まだ、下《した》の段《だん》があるのよ！

それって、すごいでしょ！　たくさんはいっている上《うえ》の段《だん》を食《た》べきっても、もう一回《かい》、下《した》の段《だん》を食《た》べられるのよ！

「あたし、くるみわりがだいすき！」

ママがいった。それから、つづけて、

「それから、クルミ！　それからヘーゼルナッツ！　ブラジルナッツ！　ペカン！」

っていったの。

五つも、いったじゃないの！　ふたつ、いうのより、三ばい、ずるいじゃないの。だから、あたしたち、ママにゲームをやらせないことにしたの。

そしたらね、ママったら、クリスマスキャロルを歌いだしたのよ！
わざとよ！

うちにつくまで、ずっとよ。
まったくね、ママって、ときどき、子どもっぽくなっちゃうの！

13

それからの三週間《しゅうかん》の学校《がっこう》は、たのしすぎて、あたしとギャビーもクリスマスゲームをやる時間《じかん》がなかったくらいなの。それどころか、クリスマス劇《げき》の練習《れんしゅう》がはじまったら、ふつうの授業《じゅぎょう》もできなくなっちゃったの！　毎朝《まいあさ》、朝礼《ちょうれい》がおわると、ピーターズ先生《せんせい》はクラスをいくつかのグループにわけるの。それから、あたしたち、おたがいにセリフをいいあって、おけいこするの。

お昼休みがおわると、こんどはクリスマス劇《げき》で歌《うた》うあたらしい歌《うた》の練習《れんしゅう》をするの。

「ああ、ベツレヘ――――ムよ」が、あたしのお気《き》に入《い》りの歌《うた》なんだけど、でも、あたし、歌《うた》っちゃだめなの。ひつじの役《やく》じゃないから。

ポーラ・ポッツは歌《うた》ってもいいんだって。ポーラは、ひつじの番犬《ばんけん》の役《やく》だから。ひつじの番犬《ばんけん》には、「ひつじ」っていう言葉《ことば》がはいっているでしょ。だから、きっと歌《うた》って

もいいのね。

でも、ほかの人《ひと》はだめなの。

(あたしとギャビーは、こっそり歌《うた》をおぼえちゃったんだけどね。とくにベツレへ――ムっていうところ!)

あたしは、クリスマス劇《げき》の練習《れんしゅう》をしているあいだ、ずっとギャビーといっしょにいたの。東方《とうほう》の三博士《さんはかせ》とひつじかいもときどき、「まわりにあつまる」ためにいっしょになったけれどね。

かいばおけの「まわりにあつまる」は、ピーターズ先生《せんせい》が馬小屋《うまごや》の中《なか》にいる人《ひと》たちにいったのよ。赤《あか》ちゃんイエスさまがうまれたら、みんな、かいばおけのまわりにあつまるの。

練習《れんしゅう》のときは、ほんもののかいばおけはなくて、かわりにボール紙《がみ》の箱《はこ》をつかったの。

大《おお》きな箱《はこ》で、ピーターズ先生《せんせい》が教室《きょうしつ》にもってきたとき、おおさわぎになったの。でも、中《なか》をのぞいたら、からっぽ。箱《はこ》の中《なか》には、みんなが「まわりにあつまる」赤《あか》ちゃんイエスさまはいなかった。

それから、また、ワクワクしちゃうことになるの。

ピーターズ先生《せんせい》は、ギャビーのつくえの上《うえ》に箱《はこ》をおいたの。それから、ピーターズ先生《せんせい》は手《て》をたたいて、すごーい、すごーい、お知《し》らせをいったの。

「みなさん！　とくに女《おんな》の子《こ》たち！　きょう、家《いえ》にかえってから、みなさんにやってほしいことがあります。クリスマス劇《げき》のためのお仕《し》事《ごと》ですよ。ばんごはんをいただいて、おやすみするまえに、子《こ》ども部屋《べや》のたなをよーく見《み》てほしいの。おもちゃ箱《ばこ》の中《なか》やおしいれの中《なか》

かもしれないわね。クリスマス劇《げき》でつかう、赤《あか》ちゃんイエスさまにぴったりのお人形《にんぎょう》をさがしてほしいの」

ピーターズ先生《せんせい》のお知《し》らせをきいたとたん、あたし、信《しん》じられないくらいはやく、足《あし》をぎゅっとくんだの。おもらししないようにね。だって、クリスマス劇《げき》につかう、とくべつなお人形《にんぎょう》よ！　あたしが、そのお人形《にんぎょう》をだいて、ゆすってあげることになるんだから！

ピーターズ先生《せんせい》は、もしも、赤《あか》ちゃんイエスさまになる、とくべつなお人形《にんぎょう》が見つかったら、明日《あした》、学校《がっこう》にもってくるようにいったの！

あたし、そのお人形《にんぎょう》、おうちにあるってわかったの。

ギャビーにいったらね、ギャビーもお人形《にんぎょう》をもってるって。

でも、あたしのお人形《にんぎょう》のほうが、ギャビーのよりもいいんだから！

14

ピーターズ先生《せんせい》って、こまっちゃうの。赤《あか》ちゃんイエスさまをえらぶのがへたなんだもの。

ポーラ・ポッツがもってきたお人形《にんぎょう》はとてもいいお人形《にんぎょう》だったわ。ほんものの赤《あか》ちゃんみたいに、のどをならしたし、うでをだくと「あさごはん、ちょうだい」っていうの。

ステファニー・ブレクスピアとメラニー・シンプソンがもってきたお人形《にんぎょう》もよかったわよ。ウィーウィー赤《あか》ちゃんっていうお人形《にんぎょう》で、ほんものみたいなにせもののミルクがはいったほ乳瓶《にゅうびん》をもっているの。ちゃんと、おむつにおしっこもするのよ！

ヴィッキー・キャロウのお人形《にんぎょう》は、ほんもののなみだがでるし、クスクスってわらうんだから。

ニシュタ・バガットのはね、からだをくねらせて、はいはいもするの。でも、ころんだら、おきあがれないんだけどね。リバティ・ピアーズとコレット・シンプソンのふたりがもってきたお人形《にんぎょう》は、よだれかけをしていたの。

バーナデット・レインのお人形《にんぎょう》は、歯《は》が一本《ぽん》はえていて、ほっぺたがまっかなの。体温計《たいおんけい》がついてるのよ。

ギャビーがもってきたお人形《にんぎょう》は、とっても、とっても、よかったわ。もじもじ赤《あか》ちゃんっていうお人形《にんぎょう》で、床《ゆか》におくとね、おしりをもじもじさせてうごくの！　くびがうごいて、まぶたもとじるの。それにゴボゴボっていったり、わらい声《ごえ》をだしたりするの！

でもね、あたしのお人形《にんぎょう》がなんといっても、いちばんなの。あたしのお人形《にんぎょう》は、シャックリちゃんっていうの。お水《みず》をのませてあげるとね、ほんとに音《おと》をたてたてのむの。それから、「ヒック、ヒック、シャックリ！　シャックリしちゃったよ」っていうの。

すごいでしょ！

ピーターズ先生《せんせい》は、クラスのみんながとてもすてきなお人形《にんぎょう》をもってきてくれましたって、ほめてくれた。でもジャックがもってきたのは、砂漠《さばく》で戦《たたか》うつよ。ジャック・ビーチホイッスルはべ兵隊《へいたい》のお人形《にんぎょう》だったんだもの。赤《あか》ちゃんイエスさまには、つかえないわよね。

あたし、ぜったいにピーターズ先生《せんせい》は、シャツクリちゃんを赤《あか》ちゃんイエスさまにえらぶと思《おも》ってたの。

でも、どうなったと思う?

びっくりしちゃうわよ。

ピーターズ先生《せんせい》は、たくさんあった、おもしろいお人形《にんぎょう》からは、ひとつもえらばなかったのよ。

ピーターズ先生《せんせい》は、いちばん、たいくつなお人形《にんぎょう》をえらんだの！

ピーターズ先生《せんせい》がえらんだのはね、ローラ・ドネリーがもってきたお人形《にんぎょう》。なんのしかけもついていない、ただの赤《あか》ちゃんのお人形《にんぎょう》なのよ。

ローラ・ドネリーはとても、うれしそうにしていた。でもさ、ピーターズ先生《せんせい》がお人《にん》形《ぎょう》を見《み》せてくれたとき、あたしもギャビーもうんざりしちゃった。

だってさ、ギャビーは赤《あか》ちゃんをたいへんな思《おも》いをしてうむんだし、あたしは、いっしょうけんめいギャビーのおてつだいをするのにさ。

だから、ほんとはさ、どのお人形《にんぎょう》を赤《あか》ちゃんイエスさまにえらぶのかは、あたしとギャビーがするべきなんだよ。ピーターズ先生《せんせい》じゃなくてさ。

でも、ピーターズ先生《せんせい》は、ドネリーのお人形《にんぎょう》がかんぺきだっていうの。

かんぺきですって？　ゴボゴボっていったりしないし、おしっこもしないし、わらい声《ごえ》だってあげないし、はいはいも、もじもじも、よだれもたらさないし、おしめもしてないし、それに、シャックリだってできないのにさ！

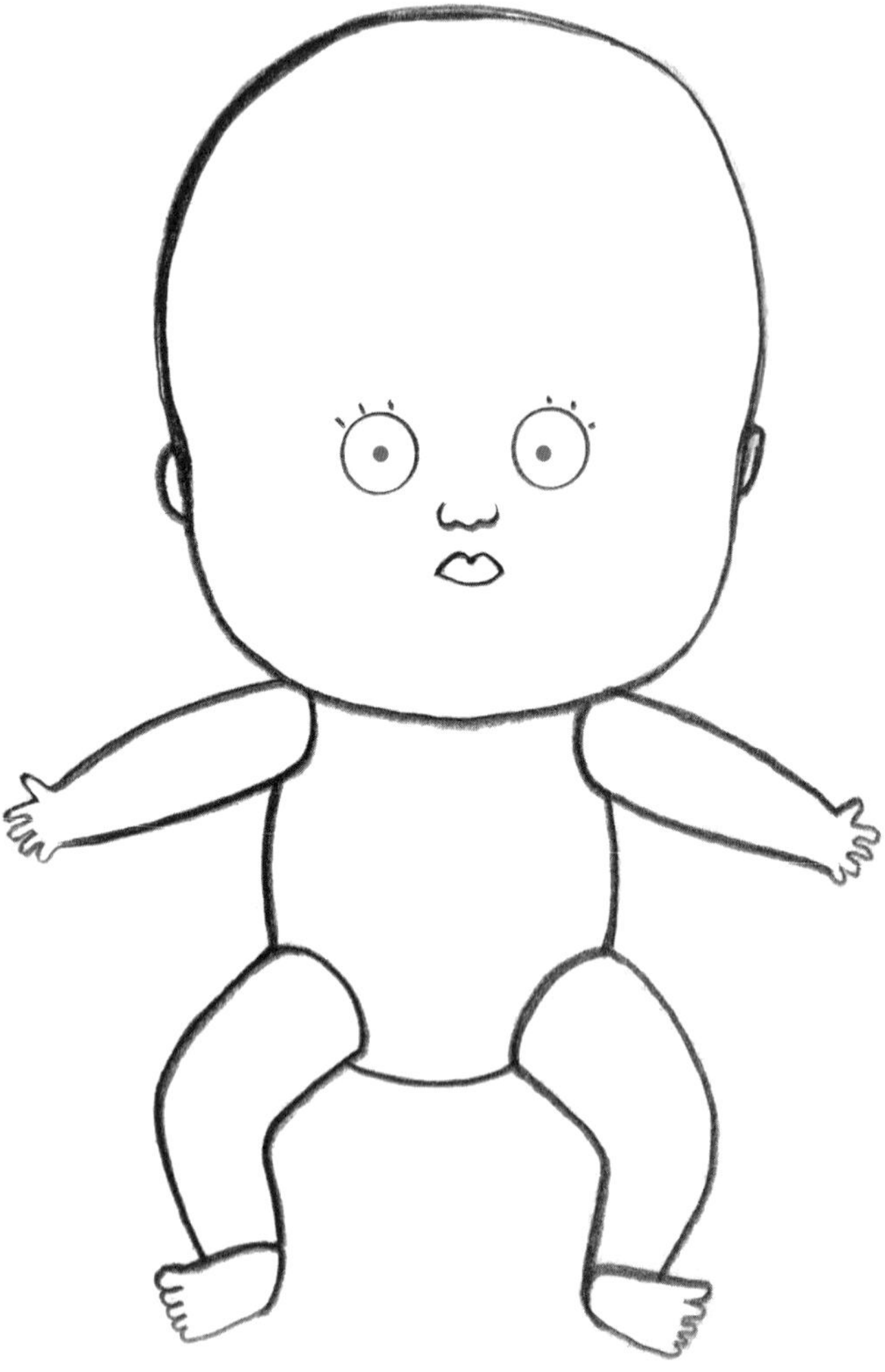

目《め》もうごかないし、うでも足《あし》もうごかないの。ちっとも、とくべつなお人形《にんぎょう》なんかじゃないじゃない！

だから、あたしのせいじゃないんだから！

うちにかえって、ママにピーターズ先生《せんせい》が赤《あか》ちゃんイエスさまにえらんだお人形《にんぎょう》のことを話《はな》したの。ママは、クリスマスキャロルをハミングするのをやめて、きっとピーターズ先生《せんせい》には、ピーターズ先生《せんせい》の考《かんが》えがあるのっていったの。

あたし、学校《がっこう》の事務所《じむしょ》にローラ・ドネリーのお人形《にんぎょう》のことでもんくをいいにいってほしいって、ママにたのんだの。リーアム・キャルデコットのおとうさんが、ピーターズ先生《せんせい》がえらんだヨセフの役《やく》のことでもんくをいったようにね。

でも、ママは、じぶんは学校《がっこう》の事務所《じむしょ》にもんくをいいにいくようなタイプの親《おや》じゃないからっていうの。たとえピーターズ先生《せんせい》がまちがって、赤《あか》ちゃんイエスさまにするお人形《にんぎょう》をえらんでも。親《おや》たちが毎日《まいにち》のように、学校《がっこう》におしかけて、なげいたり、ののしったりしなくても、もともと先生《せんせい》のお仕事《しごと》はじゅうぶんにたいへんなんだからって。

だから、あたし、あきらめるしかなかった。

ローラ・ドネリーのお人形《にんぎょう》がとくべつじゃなかったら、あたしがとくべつにする方法《ほうほう》を考《かんが》えればいいんじゃない！

15

とくべつじゃない、お人形《にんぎょう》って、こまっちゃうの。

クリスマス劇《げき》の赤《あか》ちゃんイエスさまになるなんて、ぜったいにむりじゃない。

だってさ、赤《あか》ちゃんイエスさまは、世《せ》界《かい》でいちばん、とくべつな赤《あか》ちゃんなのよ！

それに、神《かみ》さまの子《こ》どもなのよ！　神《かみ》さまといえば、世《せ》界《かい》でいちばん、とくべつな人《ひと》じゃない。もちろんサンタさんは、もっととくべつよ。

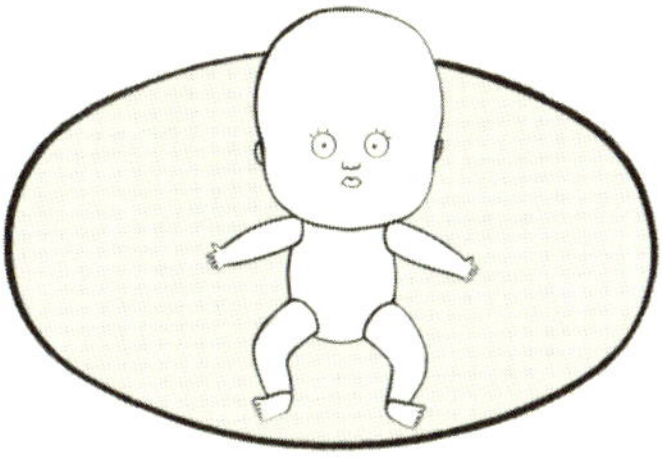

だからね、なんのしかけもついていない、古《ふる》ぼけた、おもしろくない、お人形《にんぎょう》がクリスマス劇《げき》で赤《あか》ちゃんイエスさまになるなんて、ぜったいにだめなのよ。

とくに、あたしは、赤《あか》ちゃんイエスさまをだきあげて、みんなに見《み》せる役《やく》なのよ。

だからね、あたしがだきあげたとき、お客《きゃく》さんたちは、とくべつにかわいくもない、お人形《にんぎょう》を見《み》て、どう思《おも》うかってことよ。

もし、あなたが、マリアさまのおてつだいだったら、ちっともとくべつに見《み》えない、赤《あか》ちゃんイエスさまなんて、だきあげたいとは思《おも》わないじゃない。そうでしょ？

もし、あなたが、マリアさまのおてつだいだったら、こんな、どうってことない赤《あか》ちゃんのイエスさまの「まわりにあつまる」なんてことしたくないでしょ。

もし、サンタさんが赤《あか》ちゃんイエスさまのお人形《にんぎょう》をつくったら、いろんな、とくべつなしかけをつけたと思《おも》うの。わらい声《ごえ》をあげるし、ゴロゴロってのどをならすし、足《あし》でけるし、ないたり、おむつをぬらしたり、いろんなことぜんぶよ。サンタさんがつくった、赤《あか》ちゃんイエスさまはね、二十七個《こ》の電池《でんち》をつかうと思《おも》う。すくなくともね！

サンタさんだって、ローラ・ドネリーのお人形《にんぎょう》の「まわりにあつまる」なんてしたくないと思《おも》うわ。きっと見《み》もしないわよ。

あたしとギャビーは、まるまる三週間《しゅうかん》のあいだ、ローラ・ドネリーのお人形《にんぎょう》の「まわりにあつまる」ようにしたわ。でも、毎回《まいかい》、あたしたちがボール紙《がみ》の箱《はこ》をのぞきこんで、劇《げき》のおけいこをしても、ローラ・ドネリーのお人形《にんぎょう》は、ただ、ねころがってるだけなの！

まばたきひとつ、しないの！

ピーターズ先生《せんせい》は、うまれたばかりの赤《あか》ちゃんイエスさまは、とくべつなことをしないものなんだって。イエスさまは、大《おお》きくなってから、たくさんの、とくべつなことするから、それでいいんだってさ。

こまっちゃうのはね、イエスさまが大《おお》きくなってからやることなんて、あたしにとっては、どうでもいいってことなの。あたしにとって大事《だいじ》なのは、イエスさまがうまれたときなのよ。

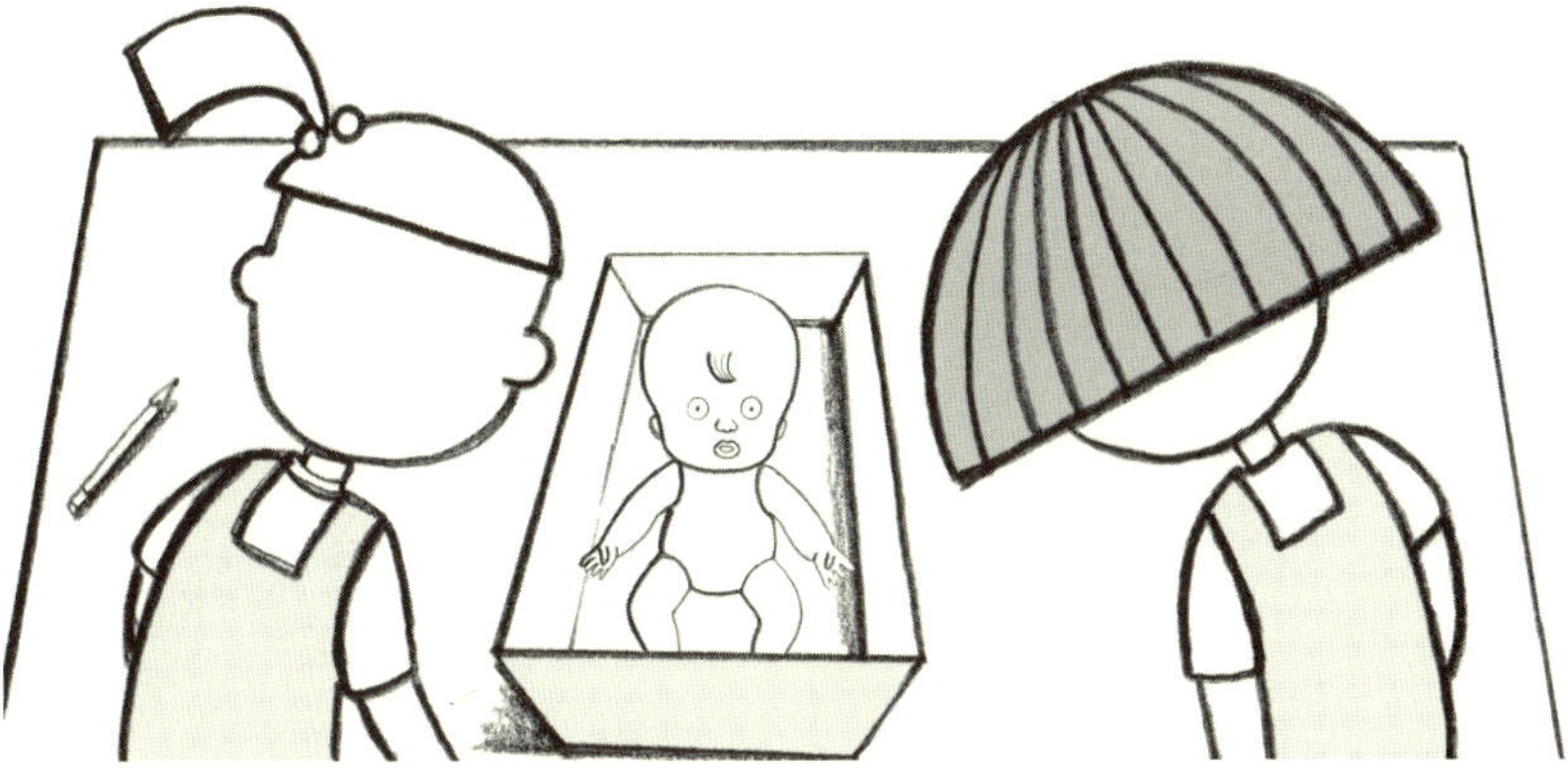

さあ、あなたなら、どうする？

きっと、あたしとおなじことをするわ。

ローラ・ドネリーのつまらないお人形《にんぎょう》をとくべつな赤《あか》ちゃんイエスさまのお人形《にんぎょう》につくりかえるのよ。とくべつなクリスマス計画《けいかく》よ。そうでしょ？

だって、いちばんのなかよしがクリスマス劇《げき》でマリアさまをやるのよ。そのマリアさまが、じぶんの赤《あか》ちゃんをかわいくしてほしいっていってるんだから。


あたしたちのさいしょの計画《けいかく》はね、ピーターズ先生《せんせい》がやらせてくれたら、とってもうまくいったと思《おも》うの。みんな、ギャビーが考《かんが》えたことなんだけど、最高《さいこう》なのよ！

どうして思《おも》いつかなかったんだろ？　ポーラ・ポッツのおかあさんは、ほんものの赤《あか》ちゃんをうんだばかりじゃない！　男《おとこ》の子《こ》の赤《あか》ちゃんなのよ！　だから、ローラ・ドネリーの役《やく》にたたないお人形《にんぎょう》のかわりに、その赤《あか》ちゃんをつかえばいいのよ！　クリスマス劇《げき》にだしてあげるの！

男《おとこ》の子《こ》の名前《なまえ》は、イエスじゃなくて、エリックなんだけど……。

ねえ、ワクワクしちゃうでしょ？

ポーラ・ポッツは、おかあさんはぜったいに、いいっていうって。

こまっちゃうのは、ピーターズ先生《せんせい》なの。ピーターズ先生《せんせい》は、ポーラ・ポッツのおかあさんにたのむまえに、だめだっていうの。

ほんものの赤《あか》ちゃんをクリスマス劇《げき》にだすなんて、ぜったいにだめだって、ピーターズ先生《せんせい》はいうの。おまけに、あたしとギャビーをいっしょに劇《げき》にだすのは、まちがいかもしれないって思《おも》いはじめたみたい。

それでね、あたしとギャビーは、赤《あか》ちゃんイエスさまをとくべつにする、別《べつ》の方法《ほうほう》を考《かんが》えることにしたの。

それで、こんどからはね、ピーターズ先生《せんせい》にも、だれにも教《おし》えないことにしたの！

16

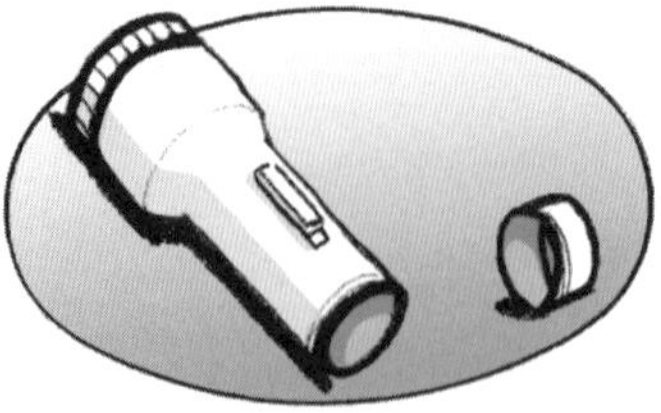

ママの懐中電灯《かいちゅうでんとう》から、ことわりなしに電池《でんち》をとりだすって、こまっちゃうの。ママが懐中電灯《かいちゅうでんとう》をつかおうって思《おも》ったとき、ライトがつかないもの。

ママは、電池《でんち》をとりだしたのが、あたしだって、わかっちゃった。でも、あたし、くすりゆびとなかゆびをかさねて、こっそりおまじないをしたの。

で、あたしじゃないっていったの。

テレビのリモコンから、ことわりなしに電池《でんち》をとりだすのって、こまっちゃうの。テレビをつけようと思《おも》っても、テレビがつかないし、どのチャンネルもうつらないもの。

ギャビーのパパとママは、すぐにギャビーのしわざだって、わかっちゃった。でも、ギャビーはくすりゆびとなかゆびをかさねて、こっそりおまじないをしたの。で、ギャビーじゃないっていったの。

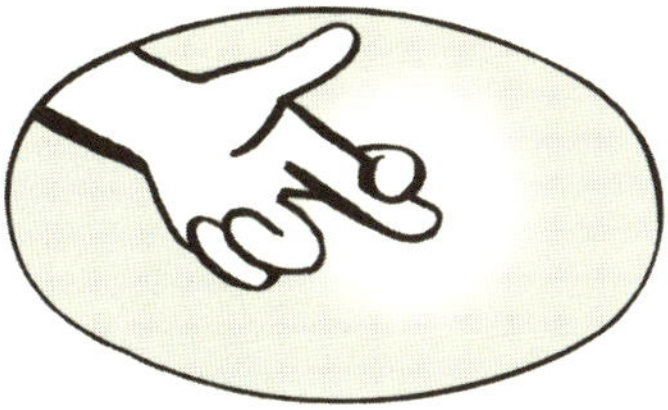

秘《ひ》密《みつ》の計《けい》画《かく》って、だから、こまっちゃうの。くすりゆびとなかゆびをかさねる、おまじないをたくさんしなくちゃいけないんだもの。

さいしょ、電池《でんち》のこと、ママたちにばれちゃうと思《おも》ったの。でも、ママたち、あたらしい

電池《でんち》を買《か》ってきたから、あたしたちのこと、ばれていないってわかったのよ。だから、計画《けいかく》をつづけることができたの！

というか、さいしょのうちはね。

赤《あか》ちゃんイエスさまをとくべつにする計画《けいかく》の第二弾《だいだん》はね、ママにあたしが着《き》るマリアさまのおてつだいの洋服《ようふく》に、大《おお》きなポケットをつけてもらうことなの。

「どうして、マリアさまのおてつだいの洋服《ようふく》に、そんなに大《おお》きなポケットがいるの？」

ママがきいた。

「ラクダさんとロバさんのたべものがはいるようによ」

あたし、うそをついたの。（なんて、こたえ

るか、ずっと練習《れんしゅう》しておいたの。ほかのうそもね）
このときはね、あたし、りょうほうの手《て》で、ゆびをかさねて、こっそり、おまじないをしたの！
そしたら、どうなったと思《おも》う？　ママったら、しんじたの。ママは、とっても大《おお》きなポケットを、あたしの衣装《いしょう》につけてくれたの。あたしたちの秘密《ひみつ》の計画第《けいかくだい》二弾《だん》は成功《せいこう》よ！

つぎにやらなくちゃいけないことは、ぬすんだ電池《でんち》をこっそり学校《がっこう》にもっていくことなの。

ぬすんだ電池《でんち》をこっそり学校《がっこう》にもっていくって、こまっちゃうの。電池《でんち》をかくしておく場所《ばしょ》がいるんだもの。

さいしょはね、お弁当箱《べんとうばこ》にいれてもっていこうと思《おも》ったの。でも、ヨーグルトを食《た》べてるときにね、給食《きゅうしょく》のおばさんの、ベインズさんに見《み》つかちゃった。ベインズさんは、どうして電池《でんち》なんかもってるのってきいたの。

あたし、このお弁当箱《べんとうばこ》、電池《でんち》をつかう冷蔵庫《れいぞうこ》になっていて、サンドイッチをひやしておいてくれるのって、いったの。

ベインズさんにうそをつくって、こまっちゃうの。ヨーグルトを食《た》べていたから、こっそりゆびをかさねて、おまじないができないでしょ。

だからね、ベインズさんはしんじてくれなかった。冷蔵庫《れいぞうこ》になっているお弁当箱《べんとうばこ》なんてないし、電池《でんち》はおひるごはんが終《お》わるまで、あずかっていますって。

ベインズさんは、電池《でんち》をかえしてくれたけれど、赤《あか》ちゃんイエスさまをとくべつにする秘密計画第三弾《ひみつけいかくだいさんだん》はしっぱいね。

だから、あたしたち、電池《でんち》をほかの場所《ばしょ》にかくさなくちゃならなかった。

ギャビーは筆箱《ふでばこ》に電池《でんち》をいれたの。ギャビーの電池《でんち》は、あたしのより、ちいちゃかったから。あたしはポリエチレンのエコバッグにいれたの。あたしの電池《でんち》、大《おお》きくて、四つもっていたの！

17

舞台《ぶたい》の幕《まく》がひかれて、あたしたち、みんな衣装《いしょう》をつけてならんだの。これから、クリスマス劇《げき》がはじまるの。

クラスのみんなが衣装《いしょう》を着《き》ていて、すてきだったんだから！　あたしはね、青《あお》いローブをきて、金色《きんいろ》のベルトをして、頭《あたま》にはね、おばあちゃんのいちばんいいふきんでつくった、マリアさまのおてつだいのぼうしをかぶっていたの。

ギャビーも、はりきっていたわ。だって、お気《き》に入《い》りの、青《あお》いドレスを着《き》て、青《あお》いくつをはいていたんだもの。青《あお》いローブに、青《あお》いベルト、青《あお》いショールに、青《あお》いヘアバンドをしていたの。それにピーターズ先生《せんせい》は、かつらじゃなくて、ギャビーの髪《かみ》の毛《け》はそのままでいいっていったの！

ニシュタ・バガットは金色《いんいろ》の冠《かんむり》にルビーをちりばめていたし、ハリー・ベイリスが着《き》ていた東方《とうほう》の三博士《さんはかせ》の衣装《いしょう》には、銀色《ぎんいろ》のミルクのふたがたくさんつけてあったの。ヨセフ役《やく》のダニエル・キャリントンは、ひげをはやして、大人《おとな》に見《み》えたし、かなづちをもっていて、ほんものの大工《だいく》さんみたいだったわ。リバティ・ピアーズの天使《てんし》の羽《はね》は、ほんものの白《しろ》いガチョウの羽毛《うもう》でつくったんだって。フィオナ・タッカーの天使《てんし》は、羽《う》毛《もう》ではなかったけれど、金色《きんいろ》の羽《はね》をつけていた。それにりっぱな魔法《まほう》のつえをもってたの。ローマの兵隊《へいたい》たちは、みんなアルミホイルでつくったよろいをつけて、ほんものの剣《つるぎ》とボール紙《がみ》のたてをもってたわ。ひつじたちはね、白《しろ》いT《ティー》シャツをきて、わたのたまを毛糸《けいと》のぼうしにつけてたの。それから、とても大《おお》きな、お客《きゃく》さんの拍手《はくしゅ》がきこえてきたの！

すご――――く、ワクワク、ドキドキしちゃった！！！！！

あたし、ロバのうしろに立《た》っていたから、よく見《み》えなかったの。

ロバの耳《みみ》って、こまっちゃうの。

ロバの耳《みみ》のあいだからのぞくにはね、つまさきで立《た》たなくちゃいけないんだもの。

ちょっと、せのびをすると、すきまからママが見《み》えたの。ママはいちばんまえの席《せき》にギャビーのママとパパとならんですわっていた。ママたちには見《み》えないと思《おも》ったけれど、あたしたち、いっしょうけんめ

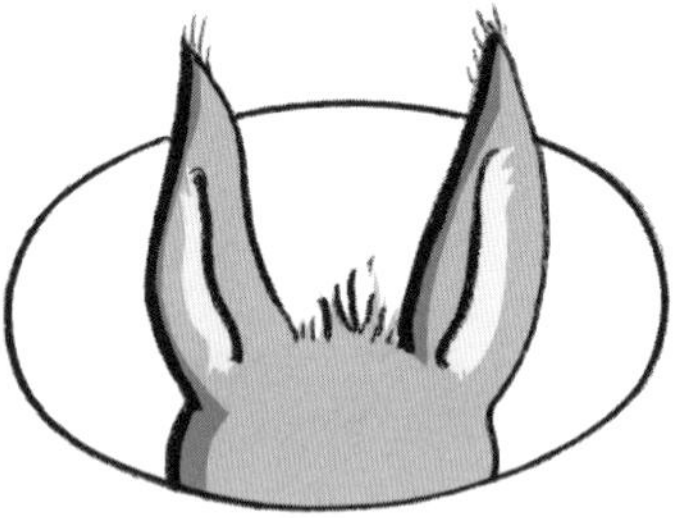

い、手《て》をふったの。

拍手《はくしゅ》がだんだん小《ちい》さくなると、校長先生《こうちょうせんせい》のスタージョン先生《せんせい》がマイクをもって立《た》ち上《あ》がってお客《きゃく》さんにあいさつをしたの。あたしたちがずっとずっとながいこと、おけいこをしたから、きっとすばらしいクリスマス劇《げき》をお見《み》せできるっていったの。

スタージョン校長先生《こうちょうせんせい》は、あたしたちのおけいこをしてくれた、先生《せんせい》たちにおれいをいったの。それから、ピアノをひいてくれるベネディクト先生《せんせい》におれいをいった。そ

れから、火事《かじ》になったとき、学校《がっこう》の講堂《こうどう》からどうやってでるかを説明《せつめい》した。それから、ママたち、パパたちが写真《しゃしん》をとったり、ビデオをとったりするのは、禁止《きんし》ですって。それからこんどの土曜日《どようび》にクリスマスバザーがあるけれど、おてつだいをする人《ひと》がまだたりませんって。そこで、マイクの調子《ちょうし》が悪《わる》くなって、なにをいっているのか、わかんなくなっちゃった。そしたら、またマイクの音《おと》がでるようになった。クリスマス劇《げき》が終《お》わったら、NSPCC《エヌエスピーシーシー》(全国児童虐待防止協会《ぜんこくじどうぎゃくたいぼうしきょうかい》)の募金《ぼきん》をつのりますっていってから、やっとスタージョン校長先生《こうちょうせんせい》は、すわったの。

これだから、**校長先生《こうちょうせんせい》ってこまっちゃうの。**いつも、ちょっと話《はなし》がながすぎるの。

お客《きゃく》さんが校長先生《こうちょうせんせい》がやっとすわってくれたことに、拍手《はくしゅ》をしているとき、幕《まく》がしまったの。ピーターズ先生《せんせい》が、あたしたちにじぶんの場所《ばしょ》にいきなさいっていった。

あたしの場所《ばしょ》はね、右《みぎ》のほうで、ダニエル・マクニコルのうしろなの。

そして、リームズ先生《せんせい》が講堂《こうどう》の照明《しょうめい》をけして、まっくらになったの！　あんまりくらかったから、みんな、クスクスわらいだした。だって、ワクワクするじゃない！

それから、天使《てんし》たちがさいしょの歌《うた》を歌《うた》いだしたの。照明《しょうめい》がついて、幕《まく》があいた。ねえ、それから、どうなったと思《おも》う？　ギャビーが舞《ぶ》台《たい》をあるくのよ、たったひとりで！！！！

ギャビーったら、堂々《どうどう》としていたの。だってさ、マリアさまとヨセフがどんなにまずしいかっていうセリフをいうまえに、ギャビーったら、パパとママに

手《て》をふったのよ！

ギャビーは、ほんもののマリアさまみたいだったわ。みんなも、とてもうまかったの。ニシュタもよかったし、バーナデットもよかった。あのジャック・ビーチホイッスルでさえ、とってもうまかったの！

これで、赤《あか》ちゃんイエスさまも、すてきだったら、よかったんだけど。そうすれば、すべてがだいなしになるなんてこと、なかったの。

18

こっそりウィンクするって、こまっちゃうの。ピーターズ先生《せんせい》に見《み》つからないように気《き》をつけなくちゃいけないんだもの。とくに、だいじなクリスマス劇《げき》で演技《えんぎ》をしているときにはね。

ピーターズ先生《せんせい》は、ふつうのウィンクを何度《なんど》もしているのよ。あたしたちがちゃんとセリフをいえたり、ちゃんと演技《えんぎ》ができたときにね。

でも、あたしとギャビーのウィンクは秘密《ひみつ》のウィンクなの。

ギャビーがあたしにウィンクしたのはね、ボール紙《がみ》のロバにのったときよ。ベ――――ツレヘムまで、のっていくロバね。

秘密《ひみつ》のウィンクはね、秘密《ひみつ》の作戦第《さくせんだい》一弾《だん》の用意《ようい》ができたっていう意味《いみ》なの！　あたし、準備《じゅんび》はかんぺきよ。いつでも、オーケー！

あたし、あんまり、はりきっちゃって、頭《あたま》にのってるふきんがブルブルふるえちゃったくらいよ。あたし、セリフはぜんぶ、おぼえてるの。学校《がっこう》がおわってから、ずっと練《れん》習《しゅう》したんだもの。おふろでも、トイレにはいってるときも練習《れんしゅう》したのよ。

「見《み》よ！　ここに神《かみ》さまがおうまれになった！」

というのが、あたしのセリフで、マリアさまのおてつだいとして、せいいっぱい大《おお》きな声《こえ》でいうの。

ほかにすることだって、わかってるわ。そのために、ポケットの中《なか》には、もってきた電池《でんち》、ぜんぶがはいってるの！！！！！

あとは、二番目《ばんめ》の秘密《ひみつ》のウィンクをまつだけよ。

それでギャビーの顔《かお》が見《み》やすいところにいくことね。

大《おお》きなかがやく星《ほし》って、こまっちゃうの。だってロバの耳《みみ》みたいに、とんがっているじゃない。

とくにダニエル・マクニコルが星《ほし》がついているぼうをあたしの目《め》の前《まえ》でふりまわすと、あぶないったらありゃしない。

あたし、ダニエルに、ちいさな声《こえ》で、反対側《はんたいがわ》の肩《かた》のほうにかたむけておいてって、いったの。そうしなければ、あたし、二番目《ばんめ》の秘密《ひみつ》のウィンクを見《み》のがしちゃう。

ギャビーとあたしは五つの、秘密《ひみつ》のウィンクを考《かんが》えていたの。

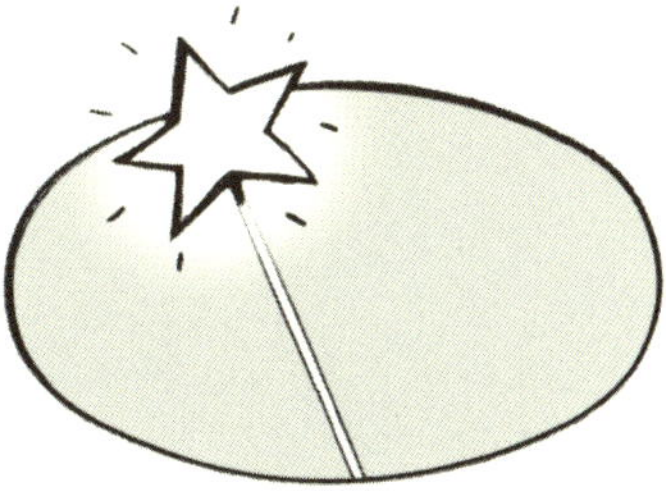

ギャビーは、二番目《ばんめ》の秘密《ひみつ》のウィンクをしたの。ちょうど、ヨセフといっしょに宿屋《やどや》についたときだった。
三番目《ばんめ》の秘密《ひみつ》のウィンクは、宿屋《やどや》の主人《しゅじん》がマリアさまとヨセフを馬小屋《うまごや》につれていったときよ。
四番目《ばんめ》の秘密《ひみつ》のウィンクは、赤《あか》ちゃんイエスさま

が、かいばおけの中《なか》でうまれたときなの。

そして、五番目《ばんめ》の、もっともだいじな秘密《ひみつ》のウィンクは、ギャビーがあたしに赤《あか》ちゃんイエスさまをわたしたときなの。そしたら、あたし、赤ちゃんイエスさまをもっていくはずだったの。

そのあとのことは、みんな、あたしのせいなの……。

19

秘密《ひみつ》のウィンクをまつって、こまっちゃうの。 クリスマスをまつよりも、たいへんなんだから！

三番目《ばんめ》の秘密《ひみつ》のウィンクがあったとき、あたし、あぶなくおもらしするところだったんだから。

四番目《ばんめ》の秘密《ひみつ》のウィンクがあったとき、頭《あたま》のふきんが落《お》ちちゃいそうになったわ。

それで、五番目《ばんめ》の秘密《ひみつ》のウィンクがあったときは、あまりうれしくて、気絶《きぜつ》しちゃいそうになったの！　すべてがうまく

いってるわ！

みんな、セリフをちゃんとおぼえていたわ。ダニエル・キャリントンだけはだめだったけどね。ダニエルはかなづちをふるのに、夢中《むちゅう》になりすぎてたの。

うまいぐあいに、ピーターズ先生《せんせい》がヨセフのセリフを教《おし》えてあげたの。

そうじゃなかったら、ダニエルとギャビーは、いつまでもベツレヘムにつくことができなかったわね。ナザレを旅《たび》だつこともできなかったかもね。

ピーターズ先生《せんせい》は、みんなのセリフをぜんぶ覚《おぼ》えていたから、セリフをわすれた子《こ》にこっそり教《おし》えてあげたの。

でもね、あたしは、ピーターズ先生《せんせい》から、ひとことも教《おし》えてもらわなかったのよ。あたし、セリフをぜーんぶ、おぼえてい

たもの。こまっちゃうのはね、あたし、そのセリフをおわりまでいうことができなかったの。

ぜんぶ、いいたかったんだけどね。

「見《み》よ」は、いえたけど。

「ここに」っていって。「神《かみ》さまが…」まではいえたけど。

でもね、「おうまれになった」まではいえなかったの。赤《あか》ちゃんイエスさまをとくべつにするとくべつ計画《けいかく》がうまくいかなくなっちゃったの……。

すっかり、だめになっちゃったの。

まったく、まったく、ぜんぜん、ぜんぜん、だめになっちゃった……。

でも、あたしのせいじゃないの！

20

五番目《ばんめ》の秘《ひ》密《みつ》のウィンクをず———っとまってるって、こまっちゃうの。だって、ウィンクがあったとき、あたしの心臓《しんぞう》、ドキドキしすぎて耳《みみ》からとびだしそうになっちゃったんだから！

さいしょのうちはね、あたしたちの秘《ひ》密《みつ》の計画《けいかく》は、うまくいきそうにおもえたの。

あたし、とってもうまく舞《ぶ》台《たい》にでていけたのよ。それから、ギャビーから、赤《あか》ちゃんイエスさまをちゃんとうけとったの。それから、赤《あか》ちゃんイエスさまをちゃんとだいて、あやしたの。舞《ぶ》台《たい》がまっくらになって、ひつじたちが歌《うた》いだすまえに、

ちゃんとママにウィンクしたのよ。
でも、あたしがローラ・ドネリーのお人形《にんぎょう》を幕《まく》のうしろにもっていったときから、すべてがうまくいかなくなっちゃったの。
あたしね、電池《でんち》をいれるところがないことに気《き》がついたの。

そこが、あたしたちの計画《けいかく》のいちばんかんじんなところじゃないの。あたらしい電池《でんち》をたくさん、ローラ・ドネリーのお人形《にんぎょう》にいれなきゃならないの。

ところが、ローラ・ドネリーのお人形《にんぎょう》には、電池《でんち》をいれるところがついてないのよ。なぜって、ローラ・ドネリーのお人形《にんぎょう》はもともと電池《でんち》がはいっていなかったの。

もともと電池《でんち》がはいっていないお人形《にんぎょう》って、こまっ

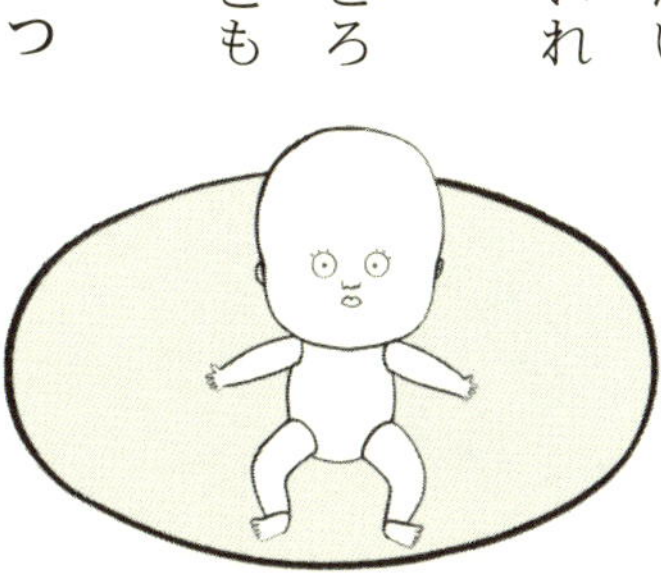

ちゃうの。だって、あたらしい電池《でんち》をいれる場所《ばしょ》が見《み》つからないんだもの。

ローラ・ドネリーのお人形《にんぎょう》をひっくりかえして、お洋服《ようふく》をめくってみたの。きっと背《せ》中《なか》に電池《でんち》をいれるところがあるんじゃないかと思《おも》ったの。それとも、おなかかもしれないなって思《おも》ったの。

クラスのみんながもってきた、ほかのお人形《にんぎょう》には、ちゃんと電池《でんち》をいれる場所《ばしょ》があったじゃないの。でも、ローラ・ドネリーのお人形《にんぎょう》には、まったく、そういう場所《ばしょ》が見《み》つからないの。

まったく、そういう場所《ばしょ》が見《み》つからないお人形《にんぎょう》って、こまっちゃの。だって、とてもあせっちゃうもの。

マリアさまのおてつだいの洋服《ようふく》についてる、大《おお》きなポケットいっぱいに電池《でんち》がつまっていたから、なおさらよね！

もっとあせっちゃうことに、ひつじたちの「ああ、べ――――ツレヘム」っていう歌《うた》がもうすぐ終《お》わりそうで、そしたら、あたし、舞《ぶ》台《たい》にもどって、とくべつな赤《あか》ちゃんイ

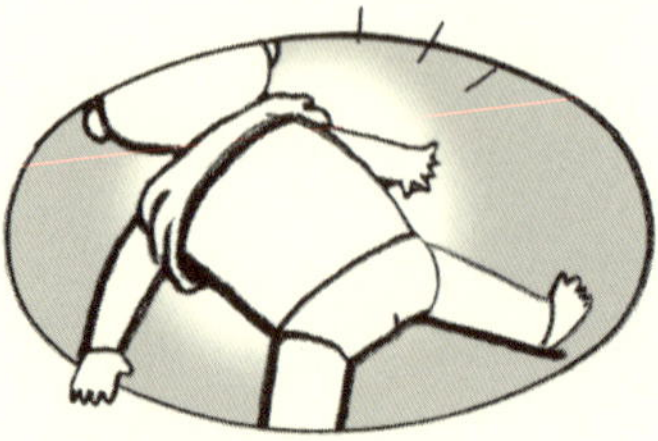

エスさまをだきあげて、みんなに見《み》せなきゃならないの。

あたし、わけがわかんなくなっちゃったの。

わけがわかんなくなっちゃうって、こまっちゃうの。

だって、やってはいけないこと、やっちゃうんだもの。

たとえばね、ローラ・ドネリーのお人形《にんぎょう》に電池《でんち》をいれる場所《ばしょ》をつくろうとしちゃうとかね。

さいしょ、あたしお人形《にんぎょう》の頭《あたま》をちょっとだけ、ひっぱったの。
で、それから、ちょっと力《ちから》をいれて、ひっぱったの。
ローラ・ドネリーのお人形《にんぎょう》の頭《あたま》をちょっと力《ちから》をいれてひっぱるって、こまっちゃうの。だって、頭《あたま》がとれちゃうんだもの。

さいしょはね、ちょうどいいって思《おも》ったの。おかげで電池《でんち》を六個《こ》、お人形《にんぎょう》のおなかにつめることができたんだもの。

問題《もんだい》はね、頭《あたま》をもとにもどすことができないことなの。

もっとまずいことに、ひつじたちの歌《うた》が終《お》わっちゃったの。

もっともっとまずいことに、舞台《ぶたい》が明《あか》るくなって、あたしがかいばおけのところにもどって、赤《あか》ちゃんイエスさまをだきあげるのを、みんなが、まだか、まだかってまってるのよ！

あたし、できるだけのことはしたの。

すごく、いっしょうけんめいにしたのよ。

あたし、電池《でんち》をお人形《にんぎょう》のおなかにつめられるだけ、つめたの。それから、なんとか頭《あたま》をもとにもどそうとしたの。

でも、どんなに強《つよ》くおしても、どんなにひねっても、頭《あたま》がちっとも、からだにおさまらないの。

しかたがないので、あたし、手《て》ではずれた頭《あたま》のうしろをささえるようにして、お人形《にんぎょう》をもったの。

問題《もんだい》はね、あたし、まだお人形《にんぎょう》をマリアさまにかえしてないの。それに、だきあげてもいなかったの。

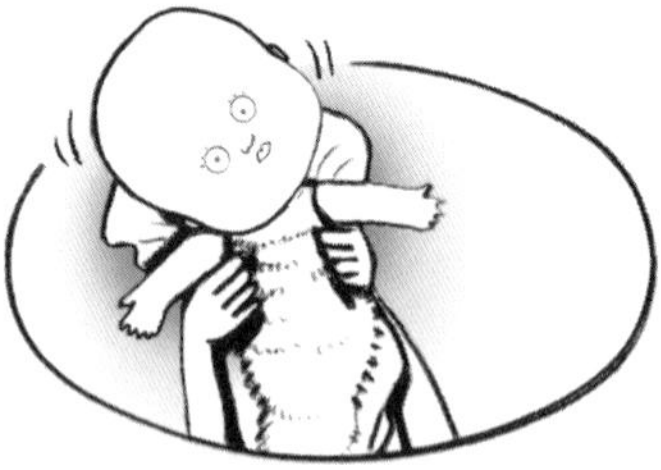

頭《あたま》がぐらぐらしているお人形《にんぎょう》をだきあげるって、こまっちゃうの。だきあげて、「見《み》よ！　ここに……」って、いおうとしたときにね……
……くるんでいた毛布《もうふ》から、頭《あたま》がころげおちちゃったの。

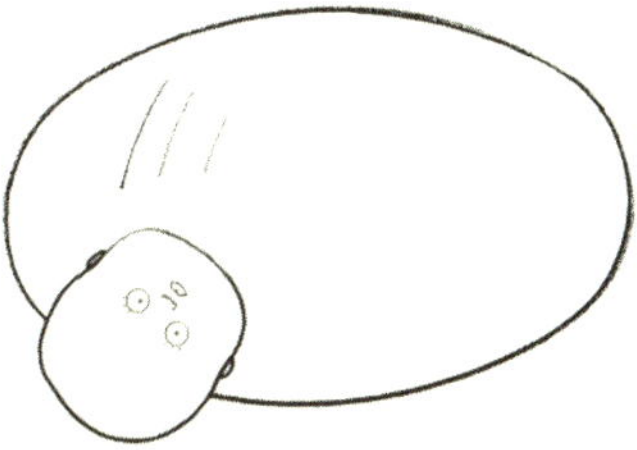

くるんでいた毛布《もうふ》から、頭《あたま》がころげおちちゃうって、こまっちゃうの。床《ゆか》におちるまえに、うけとめなくちゃならないじゃない。それに、ローラ・ドネリーが大《おお》きなひめいをあげちゃうの。

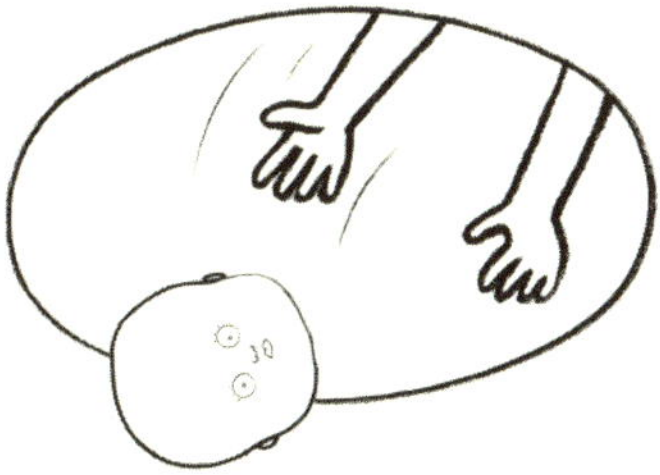

お人形《にんぎょう》の頭《あたま》が床《ゆか》におちるまえに、うけとめるのって、こまっちゃうの。お人形《にんぎょう》のからだもおとしちゃうじゃない。

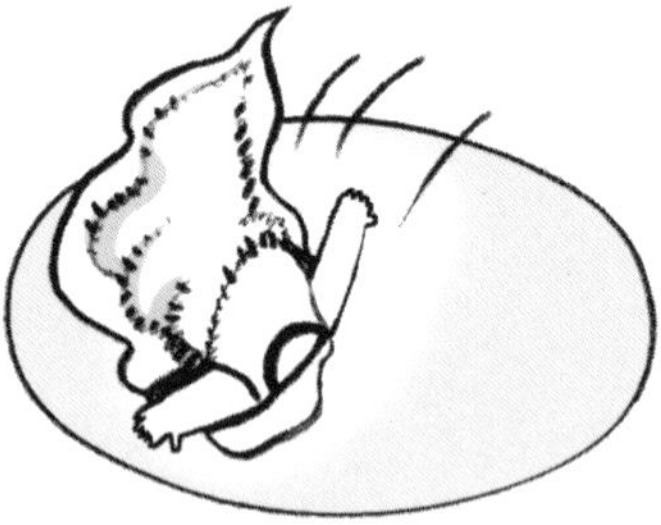

お人形《にんぎょう》のからだもおとしちゃうって、こまっちゃうの。
おなかにつめこんだ電池《でんち》がとびでて、床《ゆか》にころがっちゃうでしょ。

電池《でんち》が床《ゆか》にころがっちゃうとこまっちゃうの。　マリア
さまがあわてて人形《にんぎょう》を助《たす》けようとするじゃない。

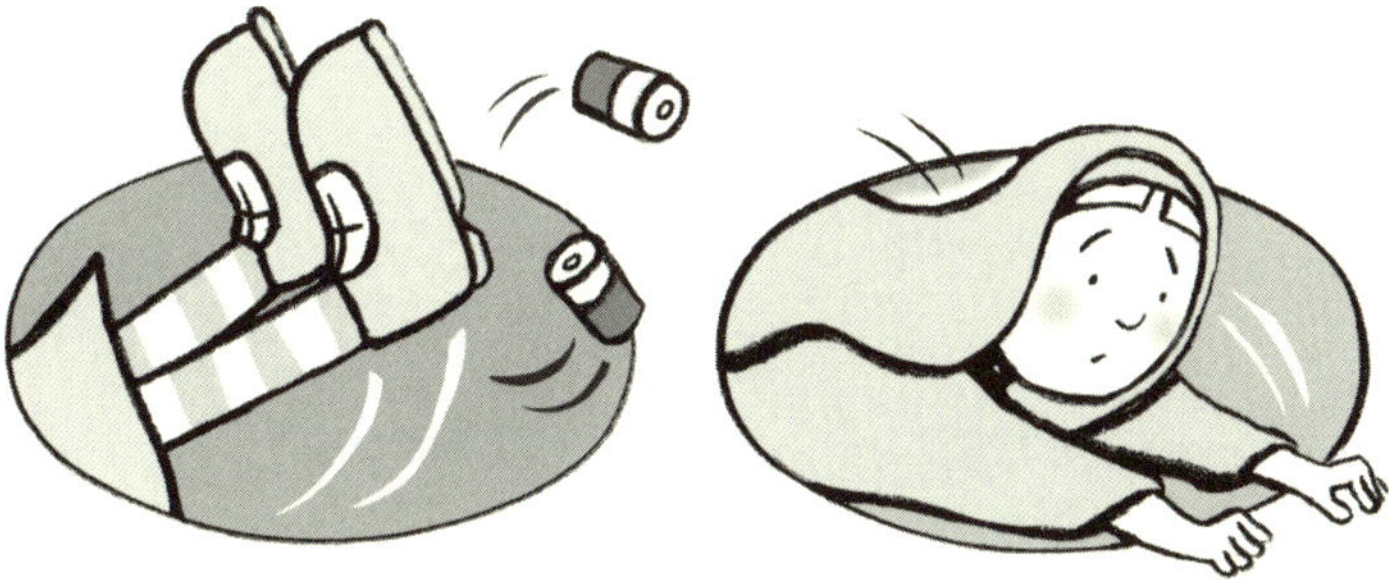

マリアさまがあわてて助《たす》けようとするって、こまっちゃうの。電池《でんち》をふんで、すべっちゃうじゃない。とくにマリアさまの青《あお》いくつは、すべりやすいの。

マリアさまがすべると、こまっちゃうの。マリアさまは、かいばおけをつかもうとするでしょ。

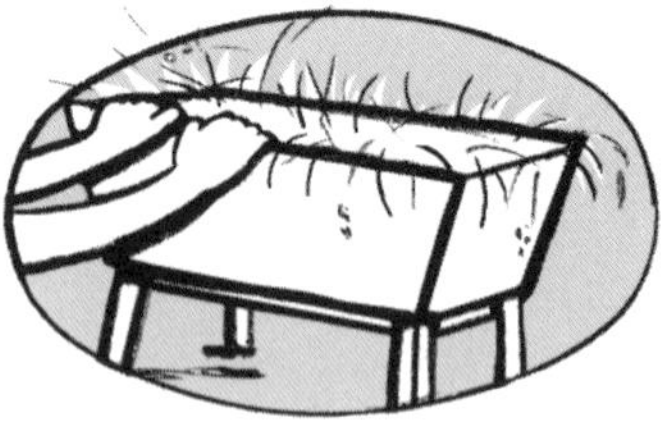

かいばおけをつかむって、こまっちゃうの。紙《かみ》のかいば
おけってこわれちゃうじゃない。

かいばおけがこわれちゃうって、こまっちゃうの。
東方《とうほう》の三博士《さんはかせ》がびっくりして、とびあがっちゃうじゃない。

東方《とうほう》の三博士《さんはかせ》がびっくりして、とびあがっちゃうと、こまっちゃうの。東方《とうほう》の三博士《さんはかせ》が床《ゆか》におりたとき、電池《でんち》の上《うえ》にのっちゃうでしょ。

東方《とうほう》の三博士《さんはかせ》が電池《でんち》の上《うえ》にのっちゃうと、こまっちゃうの。東方《とうほう》の三博士《さんはかせ》もすべって、ひつじかいたちにつっこんじゃうでしょ。

ひつじかいにつっこんじゃうと、こまっちゃうの。ひつじかいたちが、天使《てんし》たちのところへ、とびこんじゃうじゃない。

天使《てんし》たちのところへ、とびこんじゃうと、こまっちゃうの。天使《てんし》たちがひつじたちにぶつかっちゃうでしょ。

ひつじたちにぶつかっちゃうと、こまっちゃうの。

ひつじたちは、ピーターズ先生《せんせい》につっこんじゃうでしょ。

ピーターズ先生《せんせい》につっこんじゃうと、こまっちゃうの。

ピーターズ先生《せんせい》は、舞台《ぶたい》の幕《まく》をつかんじゃうでしょ。

舞台《ぶたい》の幕《まく》をつかんじゃうと、こまっちゃうの。幕《まく》がおちちゃうの。

すわっていたお客《きゃく》さんたちはびっくりして、とびあがっちゃうの。リームズ先生《せんせい》はきぜつしちゃったの。

ヨセフのひげがおちちゃったの。

かがやく星《ほし》のぼうがおれちゃった。

あたしの計画《けいかく》では、こんなふうになるはずじゃなかった。

でも、たぶん……あたしのせいかもしれないな。電池《でんち》は、あたしがやったことだもの。

ギャビーじゃないわ。

ピーターズ先生《せんせい》は、からまる幕《まく》から抜《ぬ》けだしたけど、話《はな》すこともできないほど、おこっていた。

ポーラ・ポッツはひつじかいの犬《いぬ》というより、オオカミみたいに、吠《ほ》え声《ごえ》をあげていた。

ジャック・ビーチホイッスルは、ボール紙《がみ》でつくった剣《つるぎ》をもって、あばれていた。一度《ど》もヘロデ大王《だいおう》の兵士《へいし》たちに命令《めいれい》できなかったのがくやしいの。

校長先生《こうちょうせんせい》の顔《かお》は、すっかり青《あお》ざめていた。

こうして、クリスマスのお話《はなし》はおしまいになったの。

それから、あたしのおしおきの話《はなし》がはじまったわけなの。

21

「マ――――――――――マったら！」

「なんなの、デイジー？」

「もうお部屋《へや》からでちゃだめ？」

「だめよ、デイジー。あなた、じぶんのしたことがわかってるの？」

だから、いったでしょ。いったじゃない。あたし、こまってるの。きっとギャビーもお部屋《へや》にとじこめられてるわ。

「マ――――――――――マったら！」

「だから、なんなの、デイジー？」

「こんや、お庭《にわ》でたき火《び》をしてもいい？」

「だめよ、だめ」

「おねがいだから――。ママ、とっても、とっても、とっても、だいじなことなの」

「どうしてなの、デイジー？　どうして、だいじなことなのか、いいなさい」

「わけなんか、ないの」

「わけがなければ、たき火《び》をするわけもないわね。そうでしょ、デイジー？」

「う――ん、あのね、あたし、サンタさんに、またお手紙《てがみ》をだしたいの……」

サンタさま
北極《ほっきょく》のサンタさんのおうちへ
親愛《しんあい》なるサンタさま

きょう、サンタさんは、クリスマス劇《げき》でおこったことを見《み》たかもしれません。でも、おこらないでくださいね。

サンタさんはなんでも見《み》ているって、ママがいってました。子《こ》どもがまちがったことをしたのを見《み》たら、クリスマスイブに、なんにもプレゼントをもってきてくれないって。くつしたに、プレゼントじゃなくて、石炭《せきたん》をいれるなんて、ママはいうんですよ。

石炭《せきたん》なんて、もらってもこまっちゃうの。だって、あたし、石炭《せきたん》なんかすきじゃないもの。それにうちには、石炭《せきたん》をつかう暖炉《だんろ》がありません。うちにあるのは、ストーブだけです。

それにね、きょう、クリスマス劇《げき》でおきたことは、ぜんぶがぜんぶ、あたしのせいじゃないいんです。ほんのちょっとだけ、あたしも悪《わる》かったんですけど。

ほとんどが、クリスマスのせいなんです。クリスマスがあたしのことを、すごー――くワクワクワクドキドキドキさせたのが悪《わる》いんです。だって、あたし、九月《がつ》から、ワクワクドキドキしっぱなしだったんですよ。だからクリスマスのせいだってわかるでしょう？

あたしがうかれて、うちょうてんになると、かならず事件《じけん》をおこすって、ママがいいます。

だから、どうかお願《ねが》いだから、あたしのこと、おこらないでくださいね。だって、クリスマスが一年《ねん》でいちばん、あたしがうかれて、うちょうてんになっちゃうときなんです。

もし、あたしのくつしたに石炭《せきたん》をいれるなら、ピーターズ先生《せんせい》のくつしたにも、いれてくださいね。

ピーターズ先生《せんせい》が、赤《あか》ちゃんイエスさまに、とくべつなお人形《にんぎょう》をえらんでいれば、こんなことにならなかったの。電池《でんち》をつかわないお人形《にんぎょう》なんかじゃなくてさ。そうすれば、あたしとギャビーが秘密《ひみつ》の計画《けいかく》なんかたてる必要《ひつよう》なかったし、秘密《ひみつ》のウィンクなんかしなかったんだから。

あたしたちがしたことは、赤《あか》ちゃんイエスさまをとくべつな赤《あか》ちゃんイエスさまに変《か》えたかっただけなの。だって、赤《あか》ちゃんイエスさまは、世界中《せかいじゅう》でいちばん、とくべつな赤《あか》ちゃんじゃない。

だから、あたし、電池《でんち》をいれなきゃならなかったの。

それで、お人形《にんぎょう》の頭《あたま》をとっちゃうことになったのよ。

そうやって、電池《でんち》をいれることができたの。

あたしたちの秘密《ひみつ》の計画《けいかく》は、うまくいかなかったわ。みんなが楽《たの》しみにしていた、クリスマス劇《げき》をめちゃくちゃにしちゃった。とくにローラ・ドネリー、ジャック・

ビーチホイッスルには悪《わる》いことをしたと思《おも》ってる。それに、ピーターズ先生《せんせい》にもあやまりたいわ。でもね、サンタさん、あたし、ほかのときは、ずっといい子《こ》にしてたの。（ほかの問題《もんだい》をおこしてるときは、べつにしてだけどね）

だから、お願《ねが》いします、サンタさん。どうか、クリスマスの日《ひ》にあたしのくつしたにプレゼントをいれてくださいね。石炭《せきたん》なんかいやです。

もう悪《わる》いことは、二度《ど》とやりません。やくそくします。これからは、ずっといい子《こ》でいます。

そこで提案《ていあん》があるのですが、もし、プレゼントにほしいものリストに書《か》いたものをもらえるなら、あたしが十七歳《さい》になったとき、サンタさんのところに行《い》って、なんでも、ただでおてつだいするってことで、どうでしょう？

あたし、じぶんの赤《あか》いハサミをもっていきます。プレゼントをつつんだり、おもちゃをつくったり、トナカイたちのおせわをしたり、小人《こびと》たちよりも、いっしょうけんめい、おてつだいしますよ。あたしが小人《こびと》らしくなったほうがいいなら、からだをみどりにぬっちゃいます！

サンタさんがあたしの提案《ていあん》を気《き》にいってくれるといいんだけどな。だって、あたし、心《こころ》から、ロケット弾《だん》をうてる自《じ》転車《てんしゃ》がほしいの。

あたし、サンタさんのこと、だい、だい、だいすきなんです。クリスマスは一年《ねん》でいちばんすきなの！

だから、どう――か、おねがいですから、あたしのこと、おこらないでくださいね。

あたし、もう、たくさんの人《ひと》におこられちゃってるんです。

ハッピー・クリスマス
このお手《て》紙《がみ》がサンタさんにとどきますように。

愛《あい》をこめて
デイジー

PS.《ピーエス》 ギャビーがいってたんだけど、サンタさんは、水中《すいちゅう》ヘリコプターをもってるって、ほんとうですか?

作者　ケス・グレイ（Kes Gray）

1960年イギリスのチェルムフォードに生まれる。ケント大学卒業後、コピーライターとして活躍。『ちゃんと　たべなさい』（小峰書店）で、イギリスの子どもたちが選ぶ2001年シェフィールド児童図書賞を受賞。ほかに『うさぎのチッチ』（ＢＬ出版）、『だめだめ、デイジー』『ほんとに　ほんと』『デイジー、スパイになる』「いたずらデイジーの楽しいおはなし」シリーズ（小峰書店）がある。

訳者　吉上恭太（よしがみ　きょうた）

1957年東京都に生まれる。野球の週刊誌や児童書の編集者を経て、現在は執筆のかたわら、ギターばかり弾いている。絵本の翻訳に『だめだめ、デイジー』『ほんとに　ほんと』『デイジー、スパイになる』「いたずらデイジーの楽しいおはなし」シリーズ（小峰書店）、『ひとりぼっちのかいぶつといしのうさぎ』『カッチョマンがやってきた！』（徳間書店）、児童文学の翻訳に『時間をまきもどせ！』（徳間書店）ほかがある。

画家　ニック・シャラット（Nick Sharratt）

1962年イギリスのロンドンに生まれる。美術学校を卒業後、雑誌や児童書のイラストレーターとして活躍。主な作品に、『ガールズ・イン・ティアーズ』（理論社）、『あかちゃんはどこから』（ポプラ社）、『わたしのねこメイベル』『ちゃんと　たべなさい』『だめだめ、デイジー』『ほんとに　ほんと』「いたずらデイジーの楽しいおはなし」シリーズ（小峰書店）などがある。

デイジーのびっくり！クリスマス　　いたずらデイジーの楽しいおはなし

2011年11月3日　第1刷発行　　2015年9月20日　第3刷発行

作者　ケス・グレイ
画家　ニック・シャラット＋ギャリー・パーソンズ
訳者　吉上恭太
ブックデザイン　細川佳

発行者　小峰紀雄
発行所　（株）小峰書店　〒162-0066　東京都新宿区市谷台町4-15
TEL 03-3357-3521　FAX 03-3357-1027　http://www.komineshoten.co.jp/
印刷・製本　図書印刷（株）

ISBN978-4-338-25105-1
NDC933　173P　20cm　乱丁・落丁本はお取り替えいたします。

いたずらデイジーの楽しいおはなし

ケス・グレイ・作　吉上恭太・訳
ニック・シャラット＋ギャリー・パーソンズ・絵

デイジーの こまっちゃう まいにち

なやみいっぱいの人生!

まいにち、こまることがいっぱい!
今日は、外出禁止。ほんとに不幸!

デイジーの おおさわぎ 動物園《どうぶつえん》

たいへんな誕生日!!

動物園が大好き。とくに誕生日に
いくと、スペシャルなプレゼントが!!

デイジーの おさわがせ 巨人《きょじん》くん

いつもおおさわぎ!!!

巨人になるって、トーッテモすてき。
みんなふみつぶしちゃう、けど!!!

デイジーの もんだい! 子《こ》ネコちゃん

とってもすてきな　ホリデー!

子ネコちゃんのママになるって、
たいへん。でもカワイイんだよ!!!!

デイジーの びっくり! クリスマス

クリスマスって、ドキドキ!!

サンタさん、プレゼントは、
なあに?

デイジーの めちゃくちゃ! おさかなつり

サイコーにたのしいピクニック!!!

川にいって、つりをしたの。
みんなギャー!　って、いってたよ!?